Opal
オパール文庫

僕の猫にならないか?
スパダリ社長の
過保護な溺愛がすごすぎる

山内 詠

プランタン出版

※本作品の内容はすべてフィクションです。

第一章　人生最悪の日

家に帰る途中、横澤花梨《よこざわかりん》は気づくとふらりと電車を降りていた。本来ならばただ通り過ぎるだけの駅で。

「あ……私、どうして……」

降りてしまってから我に返っても、もう遅い。振り返れば背後で扉が閉まり電車が走り出していく。

去り行く電車が巻き起こした風を感じながら電光掲示板を確認すると、あいにく次の電車までは時間があった。

ホームで待ち続ける気力もなく、花梨はふらふらと改札へ向かって歩き出す。

「私の何が悪かったのかな……」

ぼんやりしていると、幾度も繰り返した問いが知らず口からついて出た。

ああすればよかった、こうすればよかった、と次から次へと頭に浮かぶ。けれどそう思えるのは全てが終わった後だからだ。

今日は、花梨にとって人生最悪の日だった。

まだたった二十八年しか生きていない。それでも間違いなく今まで生きてきた中で最も辛い一日だったと断言できる。

こんな日はすぐに帰るべきなのだろう。誰にも邪魔されることなく、これ以上傷つけられることなく、安全な場所で温かな布団にくるまって泣くのが最善の方法だ。

何か辛いことがあれば、いつも花梨はそうしてきた。

(このまま、家に帰りたくない)

けれど今はなぜか、そんな風に思った。

最悪な状態のまま、一日を終わらせたくない。

ほんの少しでいい。慰めを得て、気持ちを立て直したい。

見知らぬ改札を出た花梨は、寄る辺を探すように歩き出した。

週末の夜はまだ始まったばかりだ。駅の目の前が幹線道路だったこともあり周囲は明るく、人通りもそれなりにある。

(どこか……落ち着ける場所……)

けれど見知らぬ街を当てもなく彷徨っていると、焦燥感と悲しみが徐々に心を覆い始める。つま先から冷たいものが沁みてくるような感覚に、思わず花梨は足元を見た。

ベージュのラウンドトゥパンプス。少しだけ奮発して購入したお気に入りの靴は、当然濡れてなどいない。

「うわ……」

しかしそのままぼんやりと視線を上げた花梨は、驚愕する。

通りすがりの店のショーウィンドウに映った自分の姿が昨日までの、いや、今朝までの自分に比べて、格段に老け込んで見えたからだ。

スモーキーベージュのシャツワンピースに紺色のカーディガンを合わせた姿だけならば、何にも変なところはない。百五十二センチと身長はやや低めだ。しかし肩を落とし丸まった背中と、そこに乗っかっている顔から絶望的に生気が感じられなかった。

元々、特別造作が整っているわけではない。ベース型の輪郭にやや上がり気味の眼と小づくりな鼻と口という、没個性の地味な顔だ。ただ花梨はその分化粧は映えると思っていたし、実際あれこれ頑張ってそれなりに見せていたつもりだった。

しかし今花梨に突き付けられたのは、この世の不幸を一身に背負いこんだような、淀み暗い目をした己の姿。

「……っ！」

あまりにもひどい自分に背を向け、花梨は歩き出す。

（駄目、今正面から向き合ってしまったら、駄目……！）

それは予感ではなく、確信だった。

迫りくる猛烈な絶望から逃れるように、花梨は目についたバーに飛び込んだ。

「あの、ハイボール、濃い目でお願いします！」

週末の夜だというのに誰もいないカウンターの端に陣取るなり、花梨は注文を飛ばす。

店員は縋るような目でオーダーした一見客に動じることなく、折り目正しく「かしこまりました」と頭を下げた。

可愛らしいカクテルを頼もうとは全く思わなかった。

なにより、今はとにかくがばがばとたくさん身体に流し込みたかった。

……早く酔って、何も考えられない状態になりたかった。

「……なんで？」

ところがハイボールを何杯飲んでも、ちっとも酔いが回ってこない。

店員はちゃんと注文通りに作ってくれていたし、元より大して酒が強いわけでもない。

それなのに、花梨の頭は冴えたまま。

だからどうしたって思い出してしまう。

——最悪な、今日という日のことを。

「どうして……」

酔えないの？　という花梨の自問自答を遮ったのは、頬を伝う涙だった。

「やだ……」

慌てて指で拭う。

けれど一度零れてしまうと涙は次から次へと溢れてきてしまう。

「……これ、よかったら」

俯いた視界の中に、声と共にすっとハンカチを持った男性の手が滑り込んでくる。

「あ……」

気づかぬうちに、カウンターに花梨以外の客が座っていた。

「すみません、大丈夫です」

「指で拭うと、眼が腫れてしまうから」

ね、と男性は促すように言うと、優しく花梨の手にハンカチを握らせる。

しかし見るからに上質なハンカチを汚してしまうのは申し訳なかった。

「でも」

「ハンカチは拭うためにあるものだよ」

返そうとする花梨に、男性は笑いながら手を引っ込めてしまう。

「……すみません」

初対面の男性の気遣いに花梨は頭を下げ、涙を拭う。

（見知らぬ人はこんなに優しいのに）

近くにいる人たちは、誰も花梨に優しくなかった。

（私って……その程度だったんだな）

悲しみと共に湧いてきた自嘲が花梨の涙を止めた。

自分の価値のなさに気づいてしまえば、今日のことは仕方のないことだったのだろうと諦めがつく。

「……これ、ありがとうございました」

花梨は改めて男性に向き直り、汚れたハンカチを両手で返した。今度は受け取ってもらえてホッとする。

「汚しちゃってごめんなさい。あの、クリーニング代お支払いしますね」

「大丈夫だ。さきほども言ったが、ハンカチはそのためにあるものだから」

男性は笑いながらグラスのお酒を飲み干した。ロックグラスの中でカランと大きな氷が転がる。

「じ、じゃあお礼に一杯ごちそうさせてください！」

（あっ！　なんか、ナンパみたいなこと言っちゃった！）

花梨に全くそんな気持ちはなかった。しかし状況や言葉だけならそうとしか見えない。

「あの、まだ飲みたい気分だったら、ですけど……」

思わず尻すぼみになってしまった花梨に、男性は明るい笑い声をあげた。

「まだまだ飲みたい気分だよ。よければ僕にもごちそうさせてくれるかな」

「えっ、なぜ……です?」

「君の涙を勝手に見てしまったから。お詫び」

「いやいやお詫びなんて、必要ないです！　むしろみっともないところをお見せした私がお詫びしなきゃいけない立場ですから！」

「なら、お互い様だね」

申し訳なさからまくし立てた花梨に男性はまた笑うと、さっさと店員に注文してしまう。こうなるともう断れない。

「すみません、ありがとうございます」

改めて礼を言いながら花梨は男性に向き直る。

(……あれ?)

そこでふと違和感を覚える。

「何か?」

花梨が自分の顔を見ていぶかしむように眉を寄せたのに気づいたのだろう。男性は笑みを浮かべたまま、優しく尋ねてくる。

(この顔、表情、声……どこかで、見覚えがある)

花梨は頭の中で記憶のページをめくった。けれどちっとも酔った気がしないというのに、思考能力はしっかり落ちているらしい。どうにもうまく情報がサルベージできない。

長めの前髪を撫でつけたスタイルは一見無造作に見えるけれど、そうなるように計算されているとすぐにわかる。端整な顔立ち……凛々しい眉にすっと通った形のいい鼻、男らしいシャープな顎から喉に続くライン。それらから成熟した色気が匂い立つ。

年齢は、三十代半ば……いや、それ以上だろうか。若木の時期は脱している。そのかわり枝を大きく空に伸ばす大樹のように、ある程度年齢を重ねた者だけが持つ威厳、凄みのようなものを感じさせる。

そこまで観察して、花梨は己の記憶を探ることを諦めた。

(だってこんなに格好いい人と一度会ったら絶対忘れないもの)

プライベートで異性との出会いはここ数年求めていない。

数合わせの合コンすら断っていた。なので可能性があるとすれば仕事だけ。

しかし花梨の職場は九割以上が女性だ。あり得ないと思った瞬間、思い出したくない顔が脳裏に蘇り、花梨は思わず眉をしかめてしまう。

するとなぜか男性が愉しげに笑い声を上げた。

「女性にそんな顔をされたのは初めてだな」

「あっ、し、失礼しました！」

これだけの男ぶりだ。さらに身に着けているものから察するに相当余裕がある。異性から賞賛されこそすれ、しかめ面をされることなどないだろう。

「ただちょっと個人的に嫌なことがあって、それを思い出してしまって。本当に、あの、失礼な真似をしてすみません……」

男性は興味を前面に出すように花梨に向き直る。

「君のような人にそんな顔をさせるなんて何があったのだろうね。ぜひお話を伺いたいな」

「……お酒の肴になるような話ではないんです」

愉快な失敗なら、こんな時にちょうどいいかもしれない。

けれど花梨にとって人生最悪の日である今日の出来事によって、傷は、まだ血を流しており、生々しい。花梨自身ですら、自分の気持ちを摑み切れていないのだ。こんな状態で人に話せるわけがなかった。

気まずさゆえに男性から視線を逸らした花梨と彼の前に、新しいグラスが置かれる。

男性は自分のロックグラスを手に取ると氷を鳴らすようにゆすってみせた。

「なら僕を井戸だとでも思えばいい。なに、大丈夫だ。どんなことを叫んでも、僕の耳は国中の井戸に繋がっていないから安全だよ」

(王様の耳はロバの耳、ね)

どうだと言わんばかりの男性の提案に、花梨は思わず笑ってしまう。

(でもなんの関係もない人に聞かせて気持ちいい話じゃないわ)

「むしろ、なにも関係がないからこそ、吐き出すのにはうってつけだと思わないかい？」

男性はまるで花梨の心を読んだように言う。

「この街で一度だけ顔を合わせた相手と再会できる可能性はどれほどだろうね」

二度と会わない他人なら、何も気遣わなくていい。

そうわかりやすく示してくれているのだ。

やけ酒を呷ってもちっとも酔えず胸が塞いだままなのは、本来であれば飲み込むのではなく吐き出さなければいけないからなのかもしれない。

ぐらり、と花梨の心が揺れる。

真っすぐ家に帰らなかったのは、誰かに縋りたかったからだ。ひとりではないと思いたかったからだ。

見るからに経験豊富な目の前の男性は、そんな花梨の感情などおそらくお見通しなのだろう。明らかに彼は、女を甘やかすことに慣れている。

(きっとこうやって女の子をたくさん口説いてきたんだろうな)

慣れているのなら……この魅力のありすぎる男性に、自分も少しだけ甘えさせてもらおうか。

花梨はふとそう思った。

普段の花梨なら、絶対にそんなことを考えないのに。

「……別に面白い事なんてなにもないんですよ」

なにしろ人生最悪の出来事なのだから。

新しい酒を舐めながら、花梨はとつとつと語り始めた。


部署のトップである副社長の佐川《さがわ》から急遽呼び出されたのは、半日前のこと。

「失礼します」

「遅い！」

花梨がミーティングルームに飛び込むと、扉の真正面に座っていた佐川から叱責が飛んでくる。

「申し訳ありませんっ！」

電話応対中に呼び出されたためすぐに来られなかったのだが、待たせたのは事実だったのですぐさま頭を下げた。佐川は言い訳を嫌う。

関東を中心にエステ事業を展開する会社「シュペット」。その企画営業部に花梨は籍を置いている。

花梨の上司である佐川は一代で会社を築き上げた社長の姪で、副社長だ。四十代後半とは思えないくらい若々しく、パワフルな女性である。明るい黄色の派手なスーツを着ているというのに、全くけばけばしく感じない。絵に描いたようなやり手の上司という雰囲気の人だ。

子供のいない社長の後継者だと言われており、社内では絶大な権力を持っている。その分少々強引なきらいはあったが、上司としては尊敬できる人だと花梨は思っていた。

とはいえ、花梨は最初から企画営業の業務をしていたわけではない。元々花梨が採用されたのは、シュペットが経営するエステチェーンのスタッフとしてだ。

ところが二年前、急に企画営業部に異動を命じられた。店舗の管理者からではなくスタッフが本部の部署に異動するのは極めて異例だったが、それを押し切ったのがこの佐川だった。

企画営業部は集客イベントやキャンペーン企画、新店舗の立ち上げなどを担当する部署で、店舗とは仕事の内容がまるきり違う。

右も左もわからぬまま急に放り込まれた花梨は二年経った今でもまだ、毎日必死である。

「……っ」

しかし慌てて下げた頭を上げるなり、花梨は不躾な声を上げてしまいそうになった。それをなんとか堪えたのは、また叱られるだけだとわかっていたからだ。

(なんでいるの?)

花梨の前には佐川だけでなく、同じ企画営業部の男性社員である高橋《たかはし》がいた。

シュペットは事業内容からすれば当然だが、社員のほとんどが女性だ。

しかし少ないながら、男性社員も存在する。

周囲が女性ばかりだからこそ磨かれるのか、少数派である男性社員も皆、美意識が高い。そうでなければわざわざ男性の身でエステの会社に入社することはないだろう。

高橋も性別だけでなくその整った顔立ちから社内では非常に目立つ存在であった。

オルタネイトストライプ柄の華やかなスリーピーススーツをさらりと着こなしている姿は、まるで雑誌のモデルのように決まっている。実際、社内には彼のファンも多い。

しかし花梨は同い年のこの彼が苦手だった。

大卒の彼よりも専門卒の花梨の方が入社は先だ。しかし営業企画部としては向こうが先輩という少々ややこしい関係な上、彼は花梨を下に見ていることを周囲に全く隠さない。

本社採用の人たちの中には、店舗のスタッフを見下す人間がいることはわかっていた。しかし実際にここまであからさまな態度で示されると、あまりいい印象を持てない。仕事の上でもかなり相性は悪かった。

特にここ数か月、仕事で花梨が高橋に指示を出すことが多かった。そのたびにいちいち嫌味や酷い態度を返されてかなり仕事がやりづらかった。そのため、彼の姿を前にすると身構えてしまう。

「まあ座って」

「はい」

促され、机を挟んで彼らの前に座る。

仕事の話なら高橋が同席することはあり得る。しかしなぜ高橋は花梨の側でなく、副社長の隣にいるのだろう。

「なんで呼ばれたか、わかっている？」

副社長は組んだ指に顎をのせ、花梨に鋭い視線を投げてきた。

（えっ……私、何かした？）

まるで説教の前触れのような雰囲気に、花梨の違和感が急激に胸の中で膨れ上がっていく。

「マジェスティグループの案件、ですよね」

考えを巡らせなくても、花梨が携わっている仕事で何かあるとすれば、大手ホテルチェーン、マジェスティグループの案件しかない。

マジェスティグループとは国内外でホテル・レジャー事業を展開する日本有数のホテルブランドである。今回の案件はマジェスティホテルの中でも特に規模の大きい都内と関西の四施設に高級エステサロンを出店させるという計画だった。

とはいえ、シュペットが指名されたわけではない。コンペを経て受注に至ったのだ。

連絡が来た時は誰もが「奇跡」だと口を揃えていた。なにしろ業界最大手を含む数社との競合を勝ち抜いての受注だったのだから。

正直なところ、企画書を作った花梨以外の社員は、目の前にいる副社長を始め皆最初から諦めムードであった。

記念参加だと言われていたほど見込みがなかった。

だからこそまだ経験の浅い花梨にコンペの企画立案の機会が回ってきたのである。

花梨は企画立案者としてプロジェクトのメインメンバーとなり、この数か月は文字通り寝る間を惜しんで仕事に励む毎日だった。

「何か、問題がありましたか？　進捗状況の確認でしたら、昨日お渡しした報告書の通りです。あとは週明け先方との打ち合わせですが……」

「ああ、それ」

改めて今後の予定を説明しようとした花梨の話を、副社長はにっこりと笑って遮る。

そして次の瞬間、副社長の口から発せられたのは、花梨が予想もしなかったものだった。

「その打ち合わせ、あなたは参加しなくてもいいわ。今までご苦労様。あとはこちらでうまくやっておくから」

「……えっ⁉」

言われてから言葉の意味を理解するまでたっぷり数秒はかかったように思う。

副社長の隣で高橋がなぜか面白そうににやにやとした笑みを浮かべている。

「あの、打ち合わせに別の人間を立てる理由がわかりません」

プロジェクトのメインメンバーである花梨は全ての打ち合わせに出席してきた。特に次は重要な最終確認だ。外されるのは困る。

「別にあなたである必要はないでしょう。あとはこれがあれば十分です」

副社長がタブレット端末を示した。

画面には花梨が作成した企画書と先方の要望をすり合わせてようやく完成にこぎつけた事業計画書が表示されている。

「それとも、計画書を見ただけの他の人ではできないような、不完全なものを作ったの？」

「いえ、そんなことは誓ってありません。ただ、理由をお聞きしたくて」

「ずいぶん偉そうね。あなたに説明する義務なんてないわ。そもそもひとりで仕事をしていたとでも言うの？」

（そ、そんな……）

まるで自分が手柄を独り占めしているように言われ、花梨は一瞬言葉を失う。しかしここで引き下がれない。

「ですが……私が動かないとこの企画は」

マジェスティグループの案件自体は、営業企画部、いや、会社が総力を挙げて取り組んでいる。しかし計画のコンセプトから出店の詳細までのほとんどは花梨が主導して作り上げたものだ。

「あなたが考えたのだから最後まで責任を持て」と指示してきたのはほかならぬ佐川である。だから寝食を犠牲にし花梨は頑張ってきた。

「己惚《うぬぼ》れるのはいい加減になさい！　責任者でもあるまいし。あなたでは力不足です！」

食い下がろうとした花梨に、まるで聞き分けのない子供を叱りつけるように副社長はぴしゃりと言い放つ。

確かに、直接的に動いていたのは花梨だが、このプロジェクトの責任者は佐川だ。これまでの実績を考えれば佐川の言う通り、力不足だろう。

経験が足りていない自覚はあった花梨は黙り込む。すると副社長はやれやれと大げさに肩をすくめてみせた。

「たまたま企画がひとつ通ったからといって思い上がられては困るわ。大きな案件には相応しい担当者が必要でしょう。……ねぇ？」

副社長がちらりと横へ視線を向けると、高橋は厭らしい笑みを浮かべたまま鷹揚に頷いてみせる。

そこで花梨はようやく、高橋がこの場に同席している意味を理解した。

「今後マジェスティグループの案件は高橋君をメインに動いてもらいます」

断言され、今更花梨がどんな言葉を重ねてもこの決定が覆ることがないとはっきり分かった。

「そんな……」

もうプロジェクトは大詰めを迎えている。

走り出した仕事はもう誰の手に渡っても形になるだろう。

だから会社にとってメインで動く人間の頭を挿げ替えても、なんの支障もないのかもしれない。

（それにしたって、私の仕事を奪っていくのが、よりによって高橋さんだなんて）

努力が全て報われるなんてあり得ないし、世の中は不平等で理不尽なものだ。

店舗でスタッフとして勤務していた花梨は毎日頭を下げてきた。

普段なら多少の理不尽は黙って飲み込む。

勤め人なら上司の言い分が絶対だということも、もちろん弁えている。

「……だったらなぜ、今なんですか？」

それでも、自分がつかみ取ったチャンスを、時間と労力をかけて形にしてきた仕事を横から取り上げられてすぐに納得できなかった。

曲がりなりにもひとつの企画を形にしてきたという小さな自負が、花梨を奮い立たせる。

「今更高橋さんがメインになるなら、企画立案から高橋さんが手掛ければよかったのでは？」

震える声で花梨は副社長に問う。

これが彼女にできる精一杯の抗議だった。

高橋はずっと花梨を目の敵にして、時にプロジェクトの邪魔をするような真似をしてきた。おかげで余計な業務を増やされたことは一度や二度ではない。

それを取りなしてくれたのは他でもない副社長である。

（高橋さんの仕事ぶりを、副社長は一番知っているはず！）

しかし必死に訴えた花梨に、副社長は心外だとばかりに肩をすくめてみせる。

「もともとこのプロジェクトは高橋君をメインにするつもりだったのよ。でもね、あなたに経験を積ませてあげたの。色々勉強になったでしょう。むしろ感謝して欲しいくらいだわ」

「え……？」

全く悪びれもせず言われて、再び驚く。

（も、もしかして副社長は初めから……？）

面倒なことは花梨にやらせ、筋道が出来たら成果ごと全て奪うつもりだったのか。

――おそらく、この案件を受注した時から。

それを理解した途端、花梨は足元にぽっかりと穴が空いたような錯覚を感じ、たまらず身体が傾いだ。

（嘘、でしょう？）

あまりのことに、言葉が出ない。

「安心しなさい。横澤さんに相応しい仕事はちゃんと考えておいたわ」

花梨が黙ったのを了承ととったのか、副社長は得意げに続ける。

（……これからは高橋さんの下で働けってことなのかな）

これまでの仕打ちを考えれば、花梨が彼の下で動くのは正直辛いものにしかならないと予想できた。……しかしマジェスティグループのプロジェクトに少しでも関わり続けるためには、我慢するしかない。

「週明けから、店舗の方へ行ってもらいます」

ところが沙汰を待つ花梨に副社長が示したのは、全く想像もしていなかった異動だった。

「え？」

また間抜けな声を出してしまったのは、プロジェクトのメインから外れろと言われた時よりも、信じられなかったからだ。

店舗のスタッフから本社への異動はほとんど例がない。

けれどその逆……本社から店舗への配置換えは稀にだがある話だ。しかしそれに従った者はいない。皆、辞令が出た時点で辞めてしまうのだ。

エステティシャンは技術職だ。その上、流行の移り変わりや施術の進歩はすさまじく、常に勉強は欠かせない。数年現場から離れたら、施術するのにまた一から勉強し直しになる。

つまり、本社から店舗への異動は、新人に戻るようなものなのだ。立場も、給与も。

副社長が示したのは、実質的な辞職勧告であった。

驚愕のあまり目を見開き慄く花梨に、副社長はにんまりと笑う。

「もともとエリアマネージャーでもないあなたを本社に迎え入れるのに、私は反対だったのよ」

「ふ、副社長がそれをおっしゃるんですか……？」

思わず、問い返さずにはいられなかった。

二年前花梨が突如営業企画部に異動になったのは「現場の感覚をもった人材を入れたい」という副社長の意向だったからだ。

もしも異動せず店舗で勤め続けていたら、今頃店舗の管理スタッフになれていただろう。むしろそちらの方が花梨の望んだキャリアであった。

いつか自分のサロンを持って、お客様を綺麗にする手助けをすること。

その夢を叶えるために、シュペットにスタッフとして入社したのに。

（……気まぐれで人の人生捻じ曲げて、予想外にうまくいったらこき使って、最後にはポイと捨てるの？）

これまで副社長に対して抱いていた尊敬の気持ちが、音を立てて崩れていく。

呆然となった花梨に見せつけるように、副社長の手が高橋の肩に触れる。

（なに……してるの）

頼りにしている、と身振りで示すというよりも、どこか甘えるような仕草を見て、花梨は再び衝撃を受けた。

（ま、まさか）

これまで考えてもいなかったことが、頭を過る。

高橋は笑みを浮かべたまま、肩に触れた副社長の手に自分のそれを重ねた。一見何気ない行動。しかし上司と部下がするような、触れ合いではなかった。

（この人たち……そういう関係だ）

社内恋愛が禁止されているわけではないし、双方独身だから別に誰に憚るものでもない。個人の自由だ。理屈ではわかる。

四十代後半の副社長と、花梨と同い年、二十八歳の高橋。かなり年の差があり、そこには上下関係も存在する。

ある社員が大事に育てた仕事を取り上げて職場から追い出し、その仕事を恋人に与えたら、もうそれは立派な公私混同だ。

「横澤の力は現場の方がきっと生かされると思うよ。頑張って」

高橋の勝ち誇ったかのような声が、ぐわんぐわんと花梨の耳に響いた。


「……酷い話だな」

花梨が話し終えると、男性は同情を滲ませた声色で呟いた。

たったそれだけなのに、自分の気持ちが少し落ち着いたことに花梨は静かに驚く。

男は良い聞き手だった。時折相槌を挟み、疑問に思ったことを尋ねてくるものの、話の腰を折ることはしないし、求められていない自らの見解を述べることもしなかった。

その絶妙な距離感に、花梨の鎧《よろ》っていた心が静かに解きほぐされているのを感じた。

(やっぱり人に話すと違うのね)

誰かに共感してもらえれば、慰められるものがある。

でも、と花梨は少しだけ思う。

(……できるなら、見知らぬ人じゃない方が、よかった)

吐き出したことで気持ちは少し、楽になった。

しかしできるならば自分の頑張りを知っている人に、この悲しみを理解してほしかった。

「それにしても上司から色恋で仕事をもらうなんて、真っ当な社会人としてあり得ない。

それに応じる上司も上司だ」

「……ただ、私が力不足だということは、間違ってないんです」

プロジェクトを進めていくにあたって、先輩たちにはたくさん迷惑をかけてきたのは事実だ。本来であれば花梨はメインメンバーにいることすら、おこがましい。

「たくさんの人たちの協力なしには、ここまで来られませんでしたし」

それは間違いなく花梨の本音であった。しかし聞いた男性はなぜか批難するかのように眉をしかめる。

「君は、少し自己評価が低すぎるのではないかな」

「そう、ですか?」

「コンペで仕事を勝ち取ったのは君なんだろう? なら胸を張っているべきだ」

「たまたま採用されただけですよ」

「それでも、されたことに対してもっと怒っていいと思うが」

静かに首を横にふる花梨に、男性は意外そうに言う。

「……私、気づいてしまったんです」

何を、と男性が目線で続きを促す。

「取られたのがその同僚だったからこんなに傷ついているんだって」

相手が高橋以外の先輩社員だったのなら、花梨はここまでショックは受けなかった。

それはつまり、高橋が花梨を蔑んでいたように、花梨もまた、彼を下に見ていたということなのだ。

自分の醜さに気づいてしまえば、怒りなど湧かない。

ただただ自己嫌悪が増すばかりだ。

「周囲は助けてくれなかったのか？」

「巻き込むことになってしまいますから」

呼び出しから席に戻った時に向けられた視線で、部署の人たちが高橋と佐川の関係に気づいていたことはすぐに察した。

むしろ、気づいていなかったのは花梨だけ。

佐川は人事権を持つ会社のナンバーツーだ。下手に関われば次の矛先を向けられてしまう。同僚たちの自己保身を理解こそすれ、責めるのは筋違いである。

記憶を掘り返すと悲しみが胸に迫ってきて、それを誤魔化すようにハイボールを口に運んだ。苦く酸味のある酒は、弾けながら喉を落ちていく。

「君はこんなに魅力的なのに、周囲は見る目がないね」

この店にひとりぼっちでいた花梨を包み込むように、男性は笑う。

（どうして）

その魅力的な表情と声色を前にして、花梨の脳裏に、幾度となく繰り返した答えのない問いがまた、響く。

(今日会ったばかりの人の方が、こんなに優しいの?)

仕方ないと本当はわかっている。

それなのに悲しみは次から次へと湧きだし花梨の心に迫ってくる。

今、対峙したくないのに。

「あまり気持ちのよくない話を聞かせてしまって、申し訳ありません」

花梨は意識して笑みを顔に張り付けた。

次に泣いたらもう、止められる気がしなかったから。

「いや、こちらが無理強いしたからね。申し訳ない。……酒ばかりでは寂しいだろう。何か食べないか?」

話を変えようとしてくれたのだろう。男性が目線を送るとすぐに店員がフードメニューを差し出してくる。

(そういえば何も食べてなかった)

炭酸を飲んだせいで空腹感はあまりなかった。けれど何も食べずに酒ばかり流し込むのは身体に悪い。

とりあえずメニューを受け取り眺めていると、目に留まった項目があった。

「……マグロとアボカドのタルタル……マグロ……」

マグロ。それは今一番目にしたくない単語だった。

「それにするかい？」

「いえ、ごめんなさい。……あの、チーズの盛り合わせ、頂けますか？」

とりあえず無難なものをオーダーしてメニューを店員に返す。

「マグロ、苦手だったかな？」

男性の問いかけに花梨は首を振る。

「いえ……ふふ」

マグロ、という単語に気を取られたのは、食べたかったからではない。

理由を思い出したら、笑えてくる。それが自己防衛だと花梨はどこかで分かっていた。

愚かな自分を嗤うしかなかったのだ。

「今日私、マグロって、呼ばれたんです」

（ああ、私酔っぱらっている）

これまではあまり感じなかった酔いが、花梨の口を急激に軽くさせる。

しかしどうせ今夜限りの相手だ。どう思われたって構わない……そんな投げやりな気持ちも、普段は慎重な花梨をあまりよろしくない方向に後押しした。

「お付き合いしていた人から……マグロ女って」

意味を理解した男性の顔色が変わる。

「なんて酷いことを……っ！」

男性が不快感も露わに吐き捨てた。それがおかしくてますます花梨は笑ってしまう。

「彼は悪くないんです。悪いのは、私の方。全部、私が悪いんです」

――マグロ女。

花梨のことをそう称したのは、つい先程別れたばかりの元恋人である浩志《ひろし》だった。


散々な目に遭った。

この行き場のない気持ちを、やるせなさを誰かに話したい。

できれば優しく包み込んで慰めてほしい。

――そんな気持ちを恋人に甘えることで満たそうと思うのは、別におかしなことではないだろう。

やりきれない思いに動かされるまま、会社を出た花梨は恋人である浩志に会いに行くことにした。

三年の付き合いになる彼とは、すでに合鍵も交換している仲だ。

お互いに遠慮などない。

「急だけど、今から行くね」とメッセージを送ったあと、花梨は職場から真っすぐ浩志の家へと向かった。

もし彼がまだ仕事中でも、家で待っていればいいのだから。

花梨の会社の最寄り駅から浩志の住むアパートまでは、自宅に帰るよりも少し遠い。二度の乗り換えの間にもメッセージを送ったけれど既読にならなかった。

(残業？　それとも仕事帰りにご飯でも食べているとか)

金曜の夜だ。仕事終わりに友人と飲みにでも行っているのかもしれない。

浩志は元々連絡がマメなタイプではなかったし、盛り上がっていたらメッセージの通知など気づかないだろう。

(電話……でも楽しんでいるのなら水を差すのは申し訳ないしなぁ)

とにかく今は自宅以外の場所、いや、浩志の側に居たかった。

くしゃっと目尻に皺のよる、優しい笑顔を見たかった。

そして抱きしめて慰めて欲しかった。花梨は何も悪くないと言って欲しかった。

「あれ？」

しかし花梨の視界に彼の住むアパートが入った途端、足が止まる。

てっきり留守だと思っていた浩志の部屋に灯りがついていたからだ。

彼のアパートは玄関周辺に水回りがまとまっている間取りだ。風呂の換気扇が動いているのが通路から見える。

(なんだ、お風呂入ってたんだ)

それなら返信が無いのも納得である。

在宅であることにほっとしながら部屋の前に行き、呼び鈴を鳴らそうとしたその時。

「やだぁ、もう。こんなところでぇ」

甘えたような女の声がドア越しに聞こえた。

（えっ⁉）

何が起きているのか咄嗟に理解できず、花梨は呼び鈴に指を伸ばしたままその場で固まってしまう。

「いいじゃん。風呂であんなに可愛い声聞いたら我慢できるわけないだろ」

「お風呂でもやだって言ったじゃない」

くすくすと笑いを含ませながら女が応じる。

「えー？　あんなに感じてたのに、本当に嫌だった？」

「んもぅ、浩志のいじわるぅ」

そこで会話が途切れたのは……話すよりも他のことにかまけていたからだろう。

扉一枚隔てた向こうで行われている行為があまりにも易々と想像できてしまう音が聞こえてきて、花梨は呆然と立ち尽くすしかない。

どちらかと言えばやや演技がかった女の嬌声は、ちゃちなアパートの扉越しでもよく響いた。

「ねえ、カリンより私がいい？」

「……っ⁉」

唐突に女の口から出た名に、花梨は思わず飛び上がりそうになる。

(ちょっと、待って。相手は私の存在を知っているの？)

「まだ別れてないんでしょ？　もう一年になるのに、気づかないの超ウケるんだけど。てかいつまで二股するつもり？」

「まあまあ、そんなに拗ねるなって。向こうが忙しくてろくに話も出来ないってだけだよ」

話が不穏な方向に転がっていくのがわかり、花梨の頭から血の気が引いていく。

(浮気、じゃなくて……二股？　それも一年？　うそ、でしょ……？)

「ねえ、私の方が可愛いって言って！」

「ああ。お前の方がずっと可愛い。あいつはなんでも自分で出来るって顔して、俺に甘えてきたことなんてないしな」

「えぇー？　いつも私のこと甘えん坊だって怒るくせにぃ」

「そこがいいんだよ。男は甘えられたら嬉しいんだから。あんなただ寝転がっているだけのマグロ女よりお前の方がずっと可愛い」

しかしそんな彼女に対する浩志の相槌や宥め方はどこか慣れたもので……この会話がふ

たりにとって「甘いひと時のお約束」なのだと察してしまった。

何も知らない恋人である花梨をこき下ろすのが、ふたりにとってある意味楽しみになっているのだろう。

浩志の言葉を喜ぶように女が嬌声交じりの笑い声をあげる。

「あははっ、マグロ女なんて早く捨てちゃってよぉ」

「そうだな。そろそろ潮時かもなぁ」

「やったぁ！　そしたらもう浩志は私だけのものね！」

女の勝ち誇ったような声が、花梨の頭の中にぐわんぐわんと響く。

甘えてこないだの可愛くないだの、悪口を言われているだけでも十分ショックだ。

しかしさらにはふたりだけの秘密と言って差し支えないはずのベッドの中のことまで、二股相手に暴露されていたなんて。

「……そっか」

（浩志にとって、私はもう恋人じゃないんだ）

ひとまず衝撃が治まると、花梨の心を支配したのは虚無だった。

もはや、何も感じない。

バッグから合鍵を取り出し、花梨は躊躇なく目の前の鍵穴に差し込んだ。解錠を知らせる小さな金属音と手ごたえに口元が歪む。

「えっ、何!?」

扉の向こうから戸惑うような声が聞こえてきた。どうやら鍵が開いたことに気づいたらしい。

しかしもう遅い。

向こうのことなど全く気にせずドアノブを引くと、引っかかるものは何もなかった。どうやらドアガードは使っていなかったようだ。

ぎぃっとドアが微かに軋みながら、開いていく。それを待つ花梨の顔からは表情が完全に抜け落ちていた。

「……お邪魔します」

ふたりは想定通り玄関の目の前、キッチンの一角にいた。恐怖に顔を引き攣らせながら。

風呂上がりなのだろう。ふたりは濡れた髪のまま、中途半端に下着を纏わりつかせた身体を絡め合っている。

実際あられもない姿を目にすると、冷静になってくるから不思議なものだ。

「……っ!? なんでっ？」

突如現れた花梨に、浩志が驚いたように声を上げた。

「合鍵あったから」

わざとらしく合鍵を掲げてみせる。ついているキーホルダーは以前デートで行った遊園地で彼が買ってくれた思い出の品だ。

（そういえばこの合鍵、前に使ったのはいつだったっけ？）

花梨が思い出せないくらいだ。もしかして浩志は合鍵を渡したことすら忘れていたのかもしれない。

なにしろ近頃のデートといえば花梨の家に来て配信の映画だのどうでもいいバラエティ番組だのを見て、ご飯を食べてセックスするだけというお気楽手抜きなものばっかりだった。

（無理に出かけたりしないのは忙しい私を気遣ってくれているんだと思ってたんだけど）

実際は、ただ面倒だっただけ。

付き合いの長さが目をくらませていたのだろう。

多忙を極めていたここ数か月、いやそれ以上前から浩志の行動を思い返してみれば、怪しいところはいくらでも思いついてしまう。

（気づかなかった私が、馬鹿だっただけ）

「お取込み中のところ、ごめんなさい」

花梨の言葉に女が小さな悲鳴を上げて色々もろだしになっていた身体を隠す。とはいえ裸同然なことには変わりないのが間抜けである。

「ち、違うんだ花梨。これは、その」

浩志が狼狽《うろた》えながらも言い訳を始める。この期に及んで開き直るのではなく言い訳を選ぶ姿を目にして、改めて胸に沸き起こったのは大きな失望と悲しみだった。

「ご心配なく。忘れ物を引き取りに来ただけだから、すぐに済むわ」

花梨は玄関の脇にある作り付けの靴箱の上を見る。目当てのものは、すぐに見つかった。靴箱の天板に投げ出されていた、花梨が持っていたのとよく似たキーホルダーにぶら下がっているもの。

浩志に渡した、花梨の家の合鍵だ。

それと今使ったばかりの鍵を交換するなり、花梨は踵を返した。

「申し訳ないけど、私の荷物は捨てておいて」

一応、鍵を交換し合った仲だ。彼の家には花梨の私物がそれなりに置かれていた。揃いで買った食器や部屋着、化粧品。

おそらくもう、彼女の手によって処分されているだろうけれど。

「花梨、待っ……」

「……さよなら」

引き留めようとした浩志の言葉を遮るように、ドアを閉じる。

アパートの階段を降りていると、先程までの嬌声よりもずっと大きな怒声が響き渡る。

喧嘩が始まったのか、それとも花梨を罵っているのか。

どちらにせよ彼らのそれを聞くつもりなどない。

花梨がここに来ることはもう二度と無いのだから。

花梨は振り返ることなく元来た道を戻る。

その後のことは、よく覚えていない。

気づいたら見知らぬ駅で電車を降りていて――この店に辿り着いていた、というわけだ。


たった一日で、花梨は大切なものをふたつも失った。

二年打ち込んできた仕事。

三年付き合った恋人。

どちらもかけがえのないものだったのに、失うのは驚くくらいあっという間だった。

しかし、どちらもよくある話だ。

物語にするにも陳腐すぎる筋書き。

「大切だって思ってたのは、私だけだったんです。すごく、間抜けですよね」

「いや……」

かける言葉が見つからないのか、男性は小さく首を横に振ると、グラスを口元へ運んだ。

ふたりの間に沈黙が落ちる。

(嫌だ、暗くしちゃった)

「……すみません、本当にくだらない話をお聞かせして。……私の悪いところ思い切り披露しちゃいましたね」

「悪いところ？」

男性がいぶかしげに問いかけてくる。

「ええ。同僚を苦手だと思わずもっと配慮出来ていたら、本社から追い出されずに済んだかもしれないし、仕事にかかりきりにならずに、もっと彼と過ごす時間を作れていたら、浮気なんてされなかったでしょうし。ほら、全部私が悪いじゃないですか」

「それは違うだろう」

「えっ？」

男性のはっきりした声が、自嘲し沈み込む花梨を引き上げる。

「君の話を聞く限りだが、落ち度は見当たらない」

「でも……」

つい否定してしまいそうになる花梨の目を、男性は真っすぐに見つめて、言った。

「君は何も悪くない」

「……っ！」

自分が悪いと口にしながらも、心の奥底でずっと思っていたことをずばり言い当てられ、花梨は言葉を失う。

「あぁ……ごめんなさい」

目の前のグラスを脇に押しやり、花梨はカウンターに突っ伏した。

見栄を張る程の気力なんてもう残っていない。

それよりも流れ出てしまった涙を男性から隠したかった。

人生ままならぬものだとわかっていたつもりだけど、理不尽過ぎて嫌になる。

(なんで？　なんでこの人はこんなに優しいの？)

優しくされて嬉しいはずなのに、辛い。

無責任な他人の方が自分を思いやってくれる事実が花梨をさらに打ちのめす。

「どうした？」

男性が優しく尋ねてくる。

これ以上は駄目だ、と思っても一度溢れたものを花梨は止められない。

「な、なんだか何もかも、嫌になっちゃいました。……もう人間なんかやめちゃいたい。こんなしんどい思いはもう嫌」

まるで駄々っ子のようだと、花梨は思う。しかし今以上に辛い思いをするのだけは、どうしても嫌だった。

「人間をやめて一体何になる？」

まるで転職先を尋ねるような気軽さで、男は質問を続ける。

その時ふと脳裏によぎったのは、気ままに過ごす可愛らしい生き物の姿。

「……猫になりたい」

馬鹿みたいだと思う。

しかし口に出してみるとあまりにも今の気持ちにしっくりきすぎていた。

「猫みたいに……ただ可愛がられるだけの存在になりたい」

花梨に今必要なのはお酒ではない。

全てを肯定し、存在を丸ごと愛してくれる、そんな甘やかし。

(でも私は、小さくいたいけでもなければ、ふかふかの毛並みもない)

猫のように愛される要素がそもそもない。

花梨は、何もかもを失った人間のまま、生きていかなければいけないのだ。

「僕が君を猫にしてあげようか」

「へっ？」

思わぬ提案に、花梨の口から間抜けな声が出た。

「僕の猫になってくれたら、うんと可愛がってあげる。もちろん、大切にするよ」

申し出の意図が摑めず、花梨は思わず顔を上げて隣を見た。

男性は頰杖をつきながら微笑みを浮かべていた。己の魅力を十二分に理解した者の、確信の笑み。

それを見て、ようやく花梨は意味を理解する。

――自分は今、ひと晩の誘いをかけられているのだと。

「……っ！」

（そんなつもりない！）

とっさに侮辱されたように感じ、瞬間花梨の胸に怒りの炎が灯る。しかしそれが燃え上がらなかったのは、自分の状況を思い出したからだ。

飲んだくれて見知らぬ相手に愚痴をこぼす、仕事も恋も失敗した、さして美人でもない女。しかも花梨から声をかけている。都合がいいと思われても仕方がない。

「あなたほどの人なら、他にもっといい相手がいますよ」

この男性なら下手なナンパなどしなくても相手はすぐに見つかるだろう。なんなら呼び出せる相手すらいそうだ。

「いや、僕は君が気に入ったんだ。どうか、僕の猫になってほしい」

花梨を見つめる男性の瞳に、下卑た欲望は感じない。

ただ、ここで隠している欲望を表情に出すほど目の前の彼は間抜けではないだろう。

その雰囲気からも、年齢からも、男性は自分の魅力を最大に理解したうえで誘いをかけてきていることはわかる。

正直、別れたばかりの浩志より、ずっといい男だ。

ひと晩の相手としては、悪くないどころか、かなり上等な部類に入るだろう。

スーツを纏った姿からでもわかる、たくましい身体。大きな手のひら。あれに包まれたら、どれほど癒されるだろうか。

「駄目かな？」

低く、それでいて艶のある声が、耳に心地いい。

長かった社畜生活と別れたばかりの恋人とのルーティンのようなセックスで枯れかけた女の欲望が、身体の奥からじわりとにじみ出てくるのを花梨は感じた。

ひと晩限りの関係なんて、相手がどんなに素敵な人でも考えたこともなかった。

けれど今、可能性が示され、それを望んでいる自分に気づいてしまった。

（今、心が求めている通りにしてみよう）

どうせ失うものはなにもない。

けれど花梨には、心配なことがひとつだけあった。

「……マグロでも、いいですか？」

「もちろん。全て僕に任せて。料理は得意だ」

花梨の返答に男性は声をあげて笑った。

男性が花梨を連れてきたのは、バーからほど近い低層マンションだった。駅から徒歩圏内という立地、そしてエントランスの雰囲気から察するに、かなりの高級物件である。

「どうした?」

「いや、すごいところだなぁと思って。ここに住んでるんです、よね?」

あまりのことに立ち止まってしまった花梨の手を、男性が優しくひく。

「ああ。安心してくれ。僕は独り身だし、恋人もいない」

花梨は見たままを口にしただけだったのだが、別の懸念だと受け取ったのだろう。男性が笑顔で説明を追加する。彼の年齢を考えれば家庭を持っていても不思議ではないし、これだけの容姿を持つ男に特定の相手がいないわけがない。

(本当に、優しい)

見え透いた嘘に花梨は思わず苦笑する。しかし嘘こそが彼の優しさなのだ。見知らぬ相手に罪悪感を抱かぬようにしてくれている。

「あの、私なんかを家に連れてきて平気ですか? ホテルとかの方が、いいと思うんですけど」

自宅などより男女が束の間休憩を取るような場所の方が相応しいだろう。

ところが男性は花梨の提案に思い切り顔をしかめ呟いた。

「あんな場所は落ち着かない」

(確かに、この人に時間いくらのホテルは全く似合わないかも)

身体に合ったスーツや皺の見えないシャツ、襟元に光るラペルピン。袖口から覗く腕時計。どれをとっても上質なものだとすぐにわかる。改めて彼の姿を見れば見るほど、自分には似合わない。

(どんな仕事をしているのかしら。……だめ、詮索するのはよくない)

ひと晩の情事に耽るのであれば、極力余計なものは見聞きしないほうがいい。花梨は男性の正体についてあれこれ考えることを止めるために小さく頭を振る。

そんな花梨を見て、男性は喉を鳴らすように笑いながら言った。

「君にはどう見えているのかわからないが、僕は普通の男だよ」

(普通の男の人は、行きずりの女を自宅に連れ込むもの、なのかしら)

花梨は自分を普通の女だと思っていたが、会ったばかりの男性の家になど行ったことはこれまで一度もない。

(普通の基準が私とは違う人、なんだろうな)

深く考えるのはやめよう、と花梨は思う。

世の中にはいろんな人がいる。

裏切る人もいれば、こんな風に優しい嘘で包んでくれる人もいる。

今見るのは、隣にいてくれる彼の一面だけでいい。

遅い時間だというのにコンシェルジュがいるエントランスを抜け、エレベーターに乗り込む。

「名前を教えてもらえるかな」

密室でふたりきりになるなりさりげなく腰を引き寄せながら、男性が尋ねてくる。絡んだ視線は先程よりも濃度を増し、花梨をひたと捉えていた。

「……花梨、です」

「ありがとう。……花梨」

低いけれど艶のある男性の声で名を呼ばれ、身体の奥がうずくのがわかった。

女としての矜持を粉々にされた直後だからこそ、魅力的な男に求められていることに悦びを感じているのだ。

そんな浅ましい自分がいたことが新鮮で、花梨は驚いてしまう。

実際はただの性欲の発散だとしても、今求めてもらえることが嬉しかった。

「僕のことは、ハヤトと呼んで」

「わかりました。……ハヤトさん」

「呼び捨てで構わないよ」

確認するように名を呼んだ花梨に、ハヤトは微笑みながら言った。

互いを見つめていたら、静かにエレベーターが止まる。花梨からもそっとハヤトに触れながら廊下を歩き、玄関のドアを潜った。

その途端ハヤトは花梨の腰をさらに引き寄せ、顔を寄せてくる。

花梨は受け入れるために、目を閉じた。

「ん……」

期待した通り、ハヤトの唇が優しく花梨のそれへと押し当てられる。

伺いを立てるようにゆったりと啄まれ、緩く口を開ければ熱い舌がするりと入り込んできた。

「ふぁ……」

口づけの時、人が目を閉じるのはなぜか。

ふとそんな疑問が花梨の心に浮かぶ。

一番は触れている相手のことしか、考えられないようにするため。

(でも今は……余計なことを、考えないようにするため、だ)

官能を満たすにしては穏やかかな、けれど熱量を高めるには十分なキスの合間に、ハヤトの手がゆったりと花梨のうなじを撫でてくる。

そのあまりに慣れた態度に、緊張から強張っていた身体の力が少しずつ抜けていく。

身体が期待で火照り、胸は早鐘を打っていた。

きっと彼にとってこの行為は特別ではない。

見知らぬ女性を誘うのも、自宅に連れ込むのも、日常茶飯事なのだろう。

その証のように口づけに酔っている間に、花梨は寝室へと導かれていた。

「シャワーは、必要かな?」

寝室の扉の前で、ハヤトが囁く。己の耳元に届いた吐息の熱さに、身体が震えた。

一日働いた後だ。汗を流したい気持ちはある。

「……あなたが望むなら」

しかし行為を中断したくなかった。

キスと同じだ。余計な要素を加えれば、途端にこの熱は冷めてしまうに違いない。そもそも双方の気まぐれによって生まれた関係なのだから。

オレンジ色の間接照明に照らされた寝室は、1Kの花梨のマンションよりよほど広かった。部屋の中央にキングサイズのベッドが鎮座している以外、めぼしい家具といえばベッドサイドにある小さなチェストと読書灯と思われる小さな照明だけ。

見知らぬ部屋にハヤトとふたりでいるというのに、どこか現実味が感じられないのは、このシンプル過ぎる部屋のせいかもしれない。

「ではこのまま」

背後で扉が閉まるなり、再び唇を塞がれた。

「……っ、んんっ!」

寝室での口づけは、それまでの紳士的な態度はどこにいったのかと責めたくなるほど容赦がなかった。差し込まれた舌で濃厚に口腔をまさぐられ、背筋を悪寒に似た痺れが駆けていく。

（こんな風に感じたのは、いつぶり……？）

元恋人である浩志との触れ合いは花梨にとって半ば義務に近かった。

たまにしか会えないのだから、会うたびに求められるのは当然ではある。

花梨自身、彼の体温を感じることは嫌いではなかった。

しかしその先。雑な口づけにこちらを全く顧みない一方的な愛撫と挿入は、花梨にとってあまりよいものではなかった。

時に出血を伴う繋がりは、どちらかといえば苦痛の方が多かったのだ。

それなりに長い付き合いだ。何度も浩志に改善を訴えた。自ら挿入を助ける潤滑剤を購入したこともある。けれど痛みが無くなることはなく、触れ合いは体温を感じるためだけのものと花梨はある意味割り切っていた。

（そういう態度が、浩志の心変わりの一因になったのかもしれないいな）

アパートの扉越しに聞いた相手の声は、とても気持ちよさそうだった。花梨があんな風に乱れたことは、ない。

「こら」

咎めたハヤトが花梨の下唇を食む。

「僕に集中しなさい」

「……は、はい」

まるで花梨の心を読んだかのように咎められ、花梨は頭の中から余計なことを追い出した。

「ん……ん……」

ハヤトの口づけは、巧みだった。

やがて刺激が目の前の浮ついた感覚を少しずつ消していく。これは夢幻などではなく、現実なのだと身体に言い聞かせているかのように。

「可愛いね、花梨」

唇を触れ合わせたまま囁かれただけで、身体が震えた。

「やだ……」

服の上から身体を確かめるかのように、ハヤトの手のひらがゆっくりと花梨を撫でる。

「んあ……」

口づけに蕩け始めた身体は指先の感触だけで、時折びくんと反応してしまう。どんどん深くなる口づけと共に花梨に触れる指もまた、遠慮をなくしていく。

その絶妙な間と力加減にハヤトの経験を感じつつも、花梨はある意味納得した。確かに、料理が上手いと自分から言うだけはあると。

なにしろマグロ女を容易くその気にさせてしまうのだから。

「どうされるのがいい？」

「どうって……」

シャツワンピースのボタンを外しながら問いかけられ、花梨は目を瞬かせた。

一応年齢なりの経験はある。しかしこれまで付き合ってきた相手からそんなことを問われたことなどなかった。基本的に恋人と抱き合う時、いつも花梨は受け身だったし、そうあるように望まれていたから。

「わから、ない、です」

「なら、僕に任せてくれる？」

花梨が小さく頷きを返すとハヤトは優しく頰を撫でた。

その手がゆっくりと襟元に向かい、ボタンがひとつずつ外される。ワンピースはあっという間に脱がされカーディガンと共に足元に落ちた。

「綺麗だ」

下着だけになった花梨の身体を見下ろして、ハヤトが感嘆の声を漏らした。

「……そういうの、やめて、ください」

ハヤトが訝しげに眉を顰める。褒めたつもりが拒絶されれば、疑問を覚えるのも当然かもしれない。

「はずか、しい、から……」

美に関わる仕事に携わっている身として、花梨は体型や肌状態には気を付けている。けれど造作を褒められる経験はほとんどなくて、どう反応していいかわからないのだ。

「すごいね、花梨は。こんなに綺麗で、可愛い」

ハヤトはうっとりと微笑むと、再び花梨の唇を塞いだ。

「……っ、ふぁ……」

呼吸を分け合うのではなく、奪うように強く吸われ、花梨の頭に霞がかかっていく。口腔を動きまわる舌に自らのそれを絡めて生まれた甘やかな痺れに、やがて花梨は夢中になっていった。

それはこれまで恋人との関係では一度も味わったことのない快感だった。

「あ……んんっ」

口づけたまま、ゆっくりとベッドにそっと押し倒される。

より深く繋がる場所を探すように、角度を変え重ねられる唇から、混じり合った唾液が零れていく。その流れる感触ですら快感に置き換わることを、花梨は初めて体感した。

(キスって、こんなに気持ちがいいものなんだ)

呼吸の自由と引き換えに与えられる刺激に、花梨は素直に溺れた。

必死で息を継ぎながらも、唇を食み、舌を絡め、口腔をなぞる。

およそ口という器官で出来る全てで、ハヤトを味わう。

ただただ快感だけを追求する行為は熱を生み出し、全身へと広がっていく。その熱はようやくまわり始めた酔いと相まって花梨の思考をふわふわと頼りないものにしていった。

「んふ……？」

ハヤトがふっと頬を緩めながら口づけを解いた。花梨は思わず離れた唇を追いかけるように舌を突き出してしまう。

そんな花梨を見てハヤトは相好を崩した。

「……可愛いね、花梨。うんと気持ちよくしてあげよう」

「もう、十分……」

(ここで止めてしまいたい)

キスが気持ちよかったからこそ、素直な言葉が口から出た。

花梨の過去の触れ合いを思い出せば、痛みが始まるのはここからだ。せっかくいい気分になれたのだから、ここで終わりにしたかった。

ほどよく酔いの回った頭に、ぽかぽかと火照った身体。

本当に、このまま眠れたらどんなにいいだろう。

「まだ始まってもいないのに？」

ハヤトが少し呆れたように肩をすくめてみせる。

無論花梨だって、男という生き物がここで止めてくれるはずなどないとわかっている。彼らはどこであろうが入れなければ満足できない。

「だって……痛いの、やだ」

まるでわがままな子供のようだ、と花梨は思う。けれど取り繕う気力はもうなかった。

「……本当に何も知らないのだね」

子供のように唇を尖らせた花梨の頭を優しく撫でながら、ハヤトがどこか哀れむように笑う。

「ひとつずつ、確かめよう。嫌だったらすぐに教えること」

「うん……っ、あ……」

のしかかってきたハヤトの唇が花梨の首筋に触れる。それだけでぞくりと身体に快感の兆しのような痺れが生まれたのがわかった。

「やっ」

唇がゆったりと首筋から鎖骨へと下りてくるのと同時に、胸を優しくもみ込まれ、花梨は声を漏らした。

「ん……あぁん……」

大きな手のひらに包まれる感触に思わずため息を吐いてしまう。心地よさの中に官能が少し混じるその感触に、知らず腰が揺れる。

「綺麗だよ、花梨」

再び褒め言葉を口にしたハヤトの表情は、花梨からは見えない。しかし微笑んだのがその声色でわかった。

「あんっ！」

花梨のふくらみの柔らかさを堪能していた指先が、その先端に触れる。指先で軽く引っ掻かれただけでびくびくと身体が震えてしまう。

「嫌？」

囁かれたハヤトの声が、身体の奥にずしんと響いた気がした。

（……身体が熱い）

先程まで感じていたほどよい温みなどではない。背中に汗がじわりと滲んでくる、そんな熱さだ。

「ううん」

嫌ではなかったから花梨は首を横に振る。視界には花梨の肌を味わうハヤトの笑みが見えた。

「ひぅっ！」

指で胸の先端を摘まれ、きゅうっと引っ張られる。

そして痺れるような痛みのあと、まるで慰めのごとく指の腹で撫でられる。

その緩急織り交ぜた刺激に焚きつけられ、身体の熱がどんどん上昇していくのがわかった。

虐められているのか、甘やかされているのか。

快感を追うハヤトの指に花梨は身体をくねらせる。

「あ……あっ、や……っ！」

執拗に胸の先端をいじられながらふくらみを揉まれると、その刺激から生まれる快感に花梨は声を上げてしまう。

「気持ちいい？」

「きもち、いい」

言葉にするとひどく陳腐な感情だ。でも、嘘偽りはどこにもない。

「なら、もっと気持ちよくなろうか」

「んあぁぁあっ！」

口の端を愉しげに吊り上げたハヤトは、指で弄んでいた花梨の胸の頂を熱い舌で味わった。そのまま啜り上げるように口の中に含まれ、花梨はあまりの刺激にシーツを握りしめ身体を跳ねさせた。

「あっ、だめっ、あぁぁあっ！」

唇と舌と指、そして手のひら。四者四様の刺激に煽られて、身体の熱がどんどん上がっていくのは、快感が燃料になっているからなのかもしれない。

ふうふうと熱い息を吐きながら花梨はハヤトを見る。

気持ちいい……だけど、どこか違和感があった。

(このまま全てを委ねられない)

「待って……」

花梨は制止の言葉を口にする。

「待たない」

ハヤトは花梨の望みを笑顔のままばっさりと切り捨てた。しかし花梨は快感に流されそうになりながらも必死で言葉を続ける。

「違うの、服……」

そう。花梨はとっくに一糸纏わぬ姿になっているというのに、目の前のハヤトは上着すら脱いでいなかったのだ。

「ああ、これは失礼した」

指摘されてようやく気づいたのか、ハヤトが少し申し訳なさそうに眉を寄せる。そして詫びのつもりか花梨の頬に音を立てて口づけると、おもむろにスーツの上着を脱いだ。

「……っ」

緩められたワイシャツの襟元から、ネクタイを取ろうとする指がひどくなまめかしい。

これまで服で抑えられていた色気が噴き出してくるようで、花梨はたまらず言葉を飲み込んでしまう。

「どうした?」

「ううん、何も……」

「別に見ても構わないが」

花梨が慌てて目を逸らすと、脱いだ服をベッドの外へ放り投げながら、ハヤトがにやりと笑う。自分が他人からどう見られているのか知り尽くしている者特有の、余裕が垣間見えた。しかしそれが全く嫌味ではないのだ。

(本当に、この人は何者なのだろう?)

どこかで、見たような気がする。

もしかして芸能人なのだろうか?

だがもしもそうならホテルではなく自宅に連れて来るとは考えづらい。

改めて服を脱ぐハヤトを見る。

スーツ姿からでも、その体格の良さは明らかだった。厚い胸板や綺麗に割れた腹筋は日々の自己管理の賜物であるとわかるものの、それを披露して楽しむ人ほど大げさではない。さらに肌にはぴんと張りがあり、オレンジ色の照明に照らされて、まるで金粉をまぶしたかのように艶やかに光っている。

ハヤトは花梨のことを綺麗と称したが、本当にその言葉が似合うのはどう考えても目の前の彼であった。

「これでいいかな？」

「あ……はい……」

裸になったハヤトが、確認するように緩く腕を広げてみせる。

けれど、花梨は彼の姿を直視できなかった。

それほどまでにハヤトの裸は眩しすぎた。

「花梨」

恥じらう花梨を見たハヤトは喉を鳴らすように笑い、手を伸ばしてきた。

「あ……」

輪郭や感触を改めるように、ハヤトの手が花梨の身体を撫でさする。

先程までの明確に快感を引き出す動きとは違う穏やかな愛撫に、花梨は身体の熱が僅かに落ち着いていく気がした。

(足りない)

しかし反射的に、そう思った。——さっきのように、激しく優しく触れて欲しい。

望んだ自分に、花梨は驚く。

それは、花梨にとって初めて抱いた欲求だった。

「どうして欲しい？」

まるでの花梨の心中を見透かしたかのように、ハヤトが再び尋ねてくる。

いや、この人を前にしたら、どんな女でも望まずにはいられないだろう。

「もっと、触って……」

花梨もハヤトの魅力に抗えるはずもなく、震えながら望みを口にする。

「もちろん。たくさん触って、気持ちよくしてあげよう」

花梨の必死なおねだりを聞いたハヤトは、嬉しそうに微笑んだ。

「あっ……んあぁっ、やっ、あぁぁっ！」

片方の胸の頂を舌先で転がされ、もう片方の頂を指の腹でつねりながら引っ張られる。

さらに吸われながら時折爪を立てるようにカリカリと引っ掻かれると、花梨は悲鳴のような声を上げるしかなかった。

自ら望んだとはいえ、一度に与えられるには過ぎた刺激とそれに伴う快感は、花梨の心も身体も滅茶苦茶にかき乱した。

「ほら、こうして舐められるのと」

「きゃぁぁっ！」

言葉を切りハヤトは舌を口から出し、まるで見せつけるように胸の頂をべろりと舐める。

濡れた感触と刺激に悲鳴のような声が出た。

「こうして指でするの」

「んあぁあっ！」

今度は人差し指と親指で胸の頂を摘み上げられ、痛みにも似た強い刺激に花梨は喉を反らして喘いだ。

「どっちがいい？」

「どっちも、すきぃ……」

震えながら答えると、ハヤトは蕩けそうなほど甘い笑みを浮かべる。

「可愛いね、花梨」

――花梨は割と可愛いとこあるよな。

快感と共に注がれた言葉で、不意に浩志の笑顔と声が脳裏に蘇る。

全部が悪い思い出だったわけじゃない。いい思い出もたくさんある。

(だって、好きだった。大好きだった。じゃなければ三年も付き合ってない)

悲しみによって閉じ込められていた感情や記憶が膨れ上がりそうになった、その時。

「あんんっ！」

強くつねられて疼痛を感じ始めた先端を優しく舐められて、快感がぞくぞくと背筋を駆けあがった。それと同時に、さりげなく脚の間に手が差し込まれる。

「こんなに可愛く感じてくれたら、男冥利に尽きるというものだ」

「そんなこと……」

ない、と続けようとしたのに、ハヤトの指が蠢くとそこから粘ついた水音が聞こえて花梨は何も言えなくなってしまう。

(こんなに……それこそ溢れるくらいに濡れるなんて、初めて)

いつもなかなか濡れないから、真剣に悩み病院にかかったほうがよいか考えたこともある。それなのに今は、身の内から溢れ出しているのが花梨自身でもわかるほどだ。

「や……」

「本当に嫌?」

「あ……」

微笑むハヤトは溢れ滴る快感の証を指に纏わりつかせながら、花梨の入り口を優しく撫でる。けれど胸へしたように強い刺激は与えてくれない。

「いや、じゃ、ない……」

「なら、どうして欲しい?」

ハヤトが囁く。

(まるで、悪魔の誘惑みたい)

花梨は焦れ始めた頭の隅で思う。

「触って……」

「あとは?」

まだ足りぬとばかりに、すぐさま催促が飛んでくる。

「あと、は……」

花梨の頭にひとつだけ、思い至る行為がある。経験はない。けれど、もしもそうされたなら……きっととんでもない快感が待っていると想像がついた。経験したこともないのに。

(どうしよう)

迷う花梨を、胸へ与えられた強烈な快感が後押しする。

知りたい。もっと、この先を感じたい。

それは抗いがたい欲求だった。

「な、舐めて、ください」

羞恥に震えながら、花梨は願いを口にした。

これまで付き合った人に口での愛撫を求めたことはない。というか、させられたことは多々あれどしてもらったことは皆無だ。

花梨自身もされることに抵抗があったため、頼もうなんて思わなかった。

しかしハヤトの言葉は、唇は花梨に抵抗を超える何かを期待させる。

「よく言えたね」

花梨のおねだりに、ハヤトは期待した通りの甘い笑みを浮かべ頷いた。

足が大きく割り拓かれ、快感に蕩けた中心部が晒される。

「あ……っ」

ハヤトの指が中心部を滴るねっとりとした蜜を纏い、最も敏感な場所をかすめた。それだけで花梨はびくりと身体を揺らしてしまう。

「大丈夫、たくさん濡れているし、絶対に痛くはしないよ」

花梨の身体の揺れを恐れととったのか、ハヤトが子供を諭すように囁く。

（いたくない、なら）

怖がる理由はどこにもない。

花梨が恐る恐る身体の力を抜くと、ハヤトはうっとりと言った。

「いい子だ。……たくさん、気持ちよくしてあげようね」

そして指で割り広げられた最奥に熱い吐息を感じた、次の瞬間。

「ひっ……あぁぁぁっ！」

すぼめた唇でじゅるりと吸い上げられる。熟れた果実から滴る汁を啜るような音が、耳からではなく身体に直接響いたような気がした。

触れられた場所から快感が身体中を駆け抜け、びくびくと震えてしまう。それはここまで彼から与えられた、いやこれまで生きてきた中で最も激しいものだった。

「やっ、だめっ、ああっ！」

あまりにも強すぎる刺激を受け止め切れず、かといって拒むことも出来ず、花梨はただただ注がれる快感に身悶える。

「何が駄目なんだい？　これは？」

蕩けた入り口から何かが花梨の中に入り込んでくる。ハヤトが言った通り、痛みなんて何もなかった。

「あっ、ああ……っ！」

音を立てて啜られながら中を探られると、身体の奥がぎゅっと収縮するような不思議な感覚が生まれる。

胸を舐められた時も、その頂を弄られた時も、花梨からすれば信じられないくらい気持ちがよかった。最奥を口と指で愛撫されるのは、同じようでありながら全く違う。

「やあっ、んあぁぁっ！」

ハヤトが指を動かすだけで、舐められるだけで、その唇で吸われるだけで、次々と快感の波が襲ってくる。

花梨は無意識のうちにベッドの上を後ずさろうとしていた。

まるで、ハヤトから逃げようとするかのように。

「逃がさないよ」

すぐに腰を掴んで引き戻されてしまう。

「だって、だってぇっ！」

目の前にチカチカと光のようなものが瞬く。

（こんなの、知らない）

快感の狭間に見え隠れするぐっと引っ張られるような感覚が、とにかく怖い。

「気持ちいい？　それとも痛い？　教えて」

「やぁぁっ！　いいっ、気持ち、いいっ、いいけどぉっ」

痛みはない。ただ怒涛のように押し寄せる快感に振り回されることがただただ恐ろしかった。

「やだっ、ねぇっ、もう、無理ぃ」

赦しを求めるように手を伸ばしても、ハヤトの頭に触れることしかできず、隙なくセットされていた髪を少し乱しただけで終わる。

「まだ無理じゃない」

「あぁーっ！」

花梨の中を探る指が増やされたのが感覚だけで伝わってきた。同時に、目の前に瞬いていた光が大きく膨らんでいく。

「あ……ああっ、やっ、あぁぁっ！　だめ、だめ、だめぇ！」

じりじりと背後から忍び寄る不可思議な感覚に、花梨は首を横に振る。

何かが身の内で弾けそうに膨らんでいる。

もう、限界が近いと、本能が叫んでいた。

「いいよ。そのまま、気持ちよくなりなさい」

「あっ、ああっ、あぁぁ――っ！」

追い詰めるかのように大きく音を立てて啜られ、花梨はそのまま絶頂へと至った。

（なに、いまの……）

花梨は身の内で起きた爆発に呆然となる。破裂したのは溜まりに溜まった快感だったのだろう。びくびくと痙攣する身体が、教えてくれた。

「よくできたね、花梨」

名を呼ばれ、眩暈にも似た陶酔の中、花梨はハヤトへ視線を向けようとする。強烈すぎる絶頂の余韻に浸る身体は、それすらままならない。

「とても可愛かったよ」

うっとりした口調で、褒められる。汗で湿った肌を撫でられただけで、敏感になった身体がびくりと跳ねた。

「気持ちよかったかな？」

「ん……」

花梨が問いかけに答えられなかったのは、身体が上手く動かなかったからだ。

いや、身体だけでなく頭もろくに働いてくれない。

すさまじい快感に何もかも吹き飛ばされてしまったような、そんな気分だった。

これまでセックスで痛みだけではなく、快感を得ることも、もちろんあった。

けれど、正直我を忘れ、身体の自由までも失うほどのめり込むことなんてなかった。

（イクのが、ここまで激烈な感覚だったなんて……。男の人は、いつもこんな気持ちを味わっていたのかな）

それならばある意味身勝手なほど快感を追求する姿も、理解できなくはないとぼんやり思う。

それにしても花梨が今まで体験してきた恋人同士との行為と、目の前の行きずりの相手との行為。していることは同じはずなのに、どうしてこんなに違うのだろう。

詮無い問いが頭をぐるぐると回る。

やがて花梨の下肢に顔をつけていたハヤトが、ゆっくりとその身を起こす。

「……っ！」

濡れた口元を舌で拭いながら彼ははじっと花梨を見ていた。

乱れて額に落ちた髪の隙間から向けられた眼差しを浴びただけで、花梨は身体の奥で何かがうずくのを感じた。

（――足りない）

そう反射的に思ったことに、驚く。

今まさにこれ以上ないほど満たされたはずなのに。

「何か、足りなくはないかい？」

まるで花梨の心中を見透かしたように、ハヤトが微笑む。

「ん……」

迷いながら彼を見返せば、半身を起こしたハヤトの中心が目に入る。凶悪なほどにそそり立った男の情熱を見て、知らずごくりと喉が鳴った。

「次は、どうして欲しい？」

「……れて」

もう我慢などできなかった。身体が、足りないものを満たせと叫んでいる。

「あなたの、入れて……」

花梨の精一杯のおねだりに、ハヤトは笑みを浮かべたまま優しくお腹を撫でた。

「よく言えたね、花梨。偉いよ」

肌を滑るその繊細な指遣いに、身体が期待してまた震える。

「あ……」

散々舐められてどろどろに蕩けた場所に、避妊具を取り付けられた熱があてがわれる。

それだけでまた、身体が反応してしまう。

触れただけなのに、もうその先を予期して悦ぶ自分が浅ましくて……花梨は小さな絶望を味わう。

けれどそれ以上に、ハヤトが欲しくてたまらなかった。心から挿入を望むことなんて、異性と身体を繋げることを知ってから、初めてだった。

ぬかるんだ場所を猛り切った昂りの先端であやすように撫でられる。その淫らな動きだけで背中を快感のはしりが伝っていく。

「も、お願い……」

焦らされているのがわかり思わず手を伸ばすと、ハヤトがふっと頬を緩めて言った。

「いくよ」

ぷつりと粘ついた泡が弾けるような音と共に、ハヤトが花梨に入ってくる。

「あ、あぁぁ……」

熱くて硬い男の分身は、溢れた花梨自身の蜜を纏いゆっくりと進む。ぐじゅりと熟れた果実が潰れるような音と圧迫感に押し出されるように声が出た。

広がった切っ先は飲み込まれるなり、花梨の中を少しずつ、けれど確実に押し広げていく。身を拓かれることで喉が塞がれ、花梨はただはくはくと喘ぐしかない。

(挿入《はい》るって、こんなに強烈だった……?)

花梨にとって挿入とは、常に痛みと共にあるものだった。しかし今馴染んだそれはどこにもなく、生々しすぎる質量と熱に花梨は圧倒される。

「狭いな」

「あ……ちが……おおきぃ……」

さして経験があるわけではないが、ハヤトのそれが標準的なサイズではないことくらいはわかる。容姿も、身に纏うものも、住処も普通ではない男は、どうやら己の分身まで桁外れらしい。

ただ、与えられた衝撃とは裏腹に、ハヤトの動きは慎重でむしろ優しすぎるほどだった。

「嬉しいことを言ってくれる」

「あっ、んんんっ！」

ぐっと腰を摑まれ、侵入した熱がより深く入り込んでくる。

（苦しい。息が上手くできない）

花梨は衝撃から逃げるように首を大きくのけ反らせた。

しかしその苦しみは長く続かなかった。

存分に潤いほぐされた最奥は、待ちわびていた感触に、熱に、刺激に、悦んで蠕動を開始する。まるで奥へ奥へと、導くように。

（ああ、気持ちいい）

熱いものでいっぱいに満たされる。

それは女なら誰もが身に備えた幸福なのではないだろうか。

「……やはり、これまであまり可愛がってもらえなかったようだね」

「え……？」

満たされることによる充足感に気を取られ、花梨はハヤトの言葉を聞き流してしまう。

「大丈夫、これからは僕がうんと可愛がってあげるよ」

「あぁぁぁっ！」

ずん、と鈍い衝撃と共に、一息に貫かれる。

散々男の指と唇で慣らされ解された花梨の秘所は、抵抗するどころか、至極当然のような顔をして全てを受け入れた。

「花梨。さあ、始まりだ」

宣告と共に満たされたはずの隘路から熱が逃げていく。

「あぁっ！」

喪失に悶えている間に、再び奥まで満たされる。

「あ、ああっ、やぁぁっ！」

ハヤトが動き始めた途端、圧倒的な質量と熱は衝撃を生み出す塊となり、花梨に襲い掛かってくる。

行き止まりにぶつかる衝撃はすさまじく、打ち付けられるのと同じリズムで声が出た。

衝撃だけでもとてつもなく気持ちいいのに、ぐちゃぐちゃと音を立てながら奥を小刻みに突かれると、繋がった部分から溶けてしまいそうだった。

「つよ……ああっ、だめぇっ！」

初めての絶頂を味わったばかりなせいか、数度の抽送ですぐさま花梨の目の前に光が瞬いた。まだ始まったばかりだというのに、一度高みに昇った身体は簡単に限界へと押し上げられてしまう。

「何が駄目？　痛い？」

「ちがっ、すぐっ、駄目に……っなっちゃうからぁ」

先程覚えたばかりの感覚が、再び身体の奥から湧き上がってくる。

「構わないよ。ほら、気持ちよくなりなさい」

「あっ、あぁっ、やぁぁぁっ！」

促すように強く揺さぶられ、花梨は快感の嵐でもみくちゃにされてしまう。

身体が強張り呼吸すらままならず、身の内で暴れまわる快感にただ翻弄されるしかない。

「んぁ……」

「可愛い花梨。いくらでも気持ちよくなればいい。ほら」

「えっ、ちょっ、待ってぇ……っ！」

快感の嵐が収まるのを待たず、ハヤトは抽送を再開する。

どん、と強く突き込まれ、またすさまじい快感が吹き荒れ始めた。一度凪いだ風が再び力を取り戻し、花梨に襲い掛かってくる。

「ほら、ちゃんと全部受け入れられて、偉いね」

「やっ、それ駄目っ、んんっ！」

不意に男の形に拡がった入り口を指先で撫でられ、繋がっている事実が生々しく暴かれる。たったそれだけの行為ですら敏感になった花梨の身体は快感に変換し反応してしまう。

「奥がいい？　入り口がいい？」

「わかんないぃぃ……ぁあっ！」

もう羞恥はどこかに消え失せ、残ったのは次から次へと注がれる快感を求める貪欲な本能だけ。問いかけられてもまともに返事できるわけがなかった。

「じゃあ、これは？」

「やっ、これっ、ああっ、だめぇっ！」

先端をねじ込むように突かれたまま腰を動かされ、目の前に光が瞬いた。

「駄目じゃないよ。『いい』だろう？　ほら、言ってごらん？」

ハヤトが花梨の耳元で囁く。その吐息の感触と声色だけで、ぞくぞくと背筋を寒気に似た快感が駆け抜けていく。

「いいっ、いいのっ、きもち……いいぃ」

花梨はハヤトに言われるがまま言葉を紡ぐ。

「よくできたね」

ハヤトはうっとりするような笑みを浮かべて花梨を褒めた。いつの間にか見つけた、花梨の弱い場所を的確に抉りながら。

「ああっ、やっ、いい……っ！」

肌を打ち付ける音、骨盤がぶつかる感触、上がり続ける体温、そして脳天をかき回すような強烈な快感。

そのどれも花梨がこれまで知っていたはずなのに知らない感覚だった。

（また、イッちゃう……！）

ちかちかと、目の前に光が瞬く。

一度絶頂を覚えたからこそ、限界が近いことを花梨は悟った。

何もかもを吹き飛ばす快感の暴風が来る。続けざまに達した身体は、とっくに許容量を超えていた。

「ねえっ、いいっ、いいからぁ……っんんっ！」

身に過ぎる快感から生まれた本能的な恐怖に晒された花梨の言葉を封じるように唇を塞がれる。呼吸を奪われ、ただでさえ痺れた花梨の思考が完全に停止する。

「んんっ、んっ、ぁんっ！」

もう、注がれる快感のことしか、考えられない。

もっと深く。

もっと激しく。

もっと、もっと強く。

浅ましい願いから花梨がハヤトに縋りつくと、彼の動きがより一層激しさを増したのがわかった。

そのくせ感じる部分を的確に刺激され、花梨は再び容易く快感の頂点へ向かう道を駆けのぼっていく。

べちゃべちゃと淫らではしたない音を立てて、舌を絡め、息を奪い合う。苦しいけど逆に苦しい方が気持ちいい。

「んんっ、んー!!」

大きく深くねじ込まれた瞬間、花梨は快感の嵐の中に突き落とされた。

「……可愛かったよ、花梨」

力なくベッドに横たわる花梨を抱きしめたハヤトはうっとりと囁く。

気づけば互いに汗にまみれていて、触れている部分がひたりと張り付いているような感触が心地いい。

抱き合った後快感の余韻に浸るのは女だけで、男はまるで夢から醒めるみたいに正気に戻ってしまう。

　ずっと、花梨はそういうものだと思っていた。

　浩志をはじめ過去の恋人たちは皆そうだった。

「辛くはなかったかい？」

「はい……」

　しかしハヤトは花梨を抱きしめ、優しく肌を撫でながら、身体を労わってくれる。こんな風に気遣われたことなど花梨はこれまで経験がなかった。

「君をマグロだとか言った男が僕は信じられないね」

「でも……だって……私、なにもしてない……」

　何もせずベッドに寝転がったままの女を「マグロ」と称するはずだ。

　今だって花梨はハヤトからしてもらうばかりで、こちらから何か彼に奉仕もしていない。

　これをマグロと呼ばぬなら何をマグロというのか、状態である。

　するとハヤトは苦笑しながら続ける。

「どこが何もしていないというんだ？　可愛く啼いてくれたじゃないか」

「んんっ」

　肌を撫でていた手が湿った下生えに触れて、身体の奥に快感がくすぶっている花梨の腰がまた揺らめいた。

「ほら、ね」

そんな花梨を見てハヤトがとろけるような笑みを浮かべる。

「……あなたが特別なのではないの？」

なにしろ目の前にいる彼は男の部類としては極上に入るだろう。並みの男と比べてもどうしようもない。

「また嬉しいことを言ってくれるね。可愛い花梨」

ハヤトは喉を鳴らすように笑うと、額に汗で張り付いた花梨の髪を優しく拭い口づけをくれた。

まるで、愛しい人にするように。

(彼は、恋人にも今みたいにするのかしら)

確かに気持ちを通じ合わせ、恋人として付き合っていたはずなのに。

過去の花梨の恋人たちは……ハヤトのようには花梨を愛してくれなかった。

(私、寂しい付き合いしか、できていなかったのね)

そんなことをぼんやりと思っていたら、不意にハヤトの表情が曇る。

「……大丈夫か？」

「え……？」

心配そうな声で、花梨は自分が涙を流していたことに気づいた。しかし不思議と心の中は穏やかだった。気づいたことで新たに傷つく、というよりは納得してしまった、という方がしっくりくる。自分が全てを失ったのは、自業自得なのだと。

「……はい、だい、じょ……ぶ……」

快感の余韻が少しずつ醒めていくのに反比例するように、眠気が花梨を包み始めた。いつもより多めのお酒と適度な運動、そして人肌の温もり。これらが合わされば抗うことは難しい。

「花梨……」

「ん……」

ハヤトが何か話していたような気がした。しかし花梨の意識は眠りの世界に落ちていった。

◇◇◇

「……おや、寝てしまったか」

己の胸に頭を預けて眠る花梨を見て、ハヤトの口元が緩む。

その頬に残る涙の痕はハヤトが与えた快感によってつけられたものだ。自らを責め悲しみに押しつぶされそうになって流したものではない。

涙の痕を優しく指で拭ってやる。すると花梨は幼子のようにむにゃむにゃと唇を動かした。

花梨の眠りが安らかであることを確認し、ハヤトは彼女をそっと抱えなおした。若く、小さく、そして華奢な花梨は、大柄なハヤトの身体にすっぽりと収まってしまう。

自宅のベッドに誰かと共に横たわるのは、いつ以来だろう。それを思い出せないくらい、久しぶりだった。

(想像以上の拾い物だったな)

普段ハヤトは見知らぬ相手に声をかけたりしない。ましてや自宅に連れ込むなんて絶対にあり得ない。

しかし泣いている花梨を見たら、放っておけなかったのだ。

これまで女性の涙は自分の感情を誇張したり我を通すためのアピールにしか見えなかった。ただの面倒ごとにしか思えず、涙を流す女性を見れば心が冷めてしまう。

それはハヤトの心を手に入れるためのまがいものの涙ばかりを目の当たりにしてきたからなのだろう。

しかし、花梨の涙は違った。蓋をして抑えつけていた感情が漏れ溢れ出したような、悲しすぎる泣き方だった。

感情の発露であるはずなのに、あそこまで静かに泣く女性を、ハヤトは初めて見た。

声をかけたのは、完全なる同情だった。それと、少しの興味。

人のいる場所で泣くくらいだ。構って欲しいのだろうと思ったら、花梨は全くハヤトを見なかった。それどころか、ようやく顔を合わせたら、なんとも嫌そうに顔をしかめられたほどだ。

ハヤトにそんな態度を取る女性は、初めてだった。

だからますます、興味が湧いた。

寂しいと泣いていたくせに、手を伸ばせばいらぬと顔を背けられる。どうにかこうにかこちらを向かせても、一筋縄ではいかない。まるで猫のようだと思った。

自分を見て顔をしかめた花梨は、何度思い出しても愉快だ。

(話してみれば、猫というよりは、ねずみのようだったな)

花梨が話してくれた涙の理由は、ある意味よくある話ではあった。もちろん胸糞悪い話ではあったが、仕事を奪われることも、浮気も、裏切りも、この世の中に人の数だけ、いやそれ以上に存在する。

しかし花梨が他者と違うことがひとつある。

それは彼女に怒りがなかったことだ。

周囲の理不尽で不誠実な仕打ちに憤ることなく、ただ自分を責める。そのさまはハヤトから見れば哀れで愚かだった。ある種の強迫観念に縛られているのだ。

花梨のような人間は、とても脆い。

傍からみれば立派にやっているのに本人は「他人よりも頑張らなければいけない」と思い込んでいる。これは意識が高すぎるわけではなく、自己認識が「自分は人よりも劣っている」となっているため「せめて普通でありたい」と過剰になっているのだ。

こういう思考の人間は、満たされることがない。常に人に合わせ、無理をするのが当然になっているので、心が安らぐことがないのだ。

結果は全て自分の行いが悪いせいだと思い込み、また自分を追い詰める。

やがて周囲からのプレッシャーに押しつぶされるか、頑張りすぎて心を折ってしまう。

まさに花梨は今、その状態だった。

「可愛いなぁ……」

眠る花梨を見ながら、ハヤトはひとりごちる。

（一生懸命やってきたのに、報われない。なんて可哀そうで……可愛いんだろう）

強くあろうと必死になっている、脆くて弱い女性がハヤトは好きだった。苦痛を努力で乗り越えようとする健気な姿を見ると、どうしようもなく惹かれてしまう。

ハヤトは望めばなんでも手に入る立場の人間である。

そのせいか、自分を満たすのではなく人を満たしてあげるのがとにかく好きだ。

満たしたいと思っている人間には、自然と満たされたいという人間が寄ってくるものだ。

凹凸が上手くハマる相手であれば、互いに幸せになれるだろう。

しかし大抵の場合、満たされたいという欲求を自覚している者が満足することはない。与えられることに慣れると、彼女たちはやがて純粋なハヤトの愛ではなく、彼の持つもの――金や権力を求めるようになる。穴の開いた器に水をいくら注いでも流れ落ちてしまうように、彼女たちは際限なく欲しがるのだ。

そうなると、もう先はない。

だがハヤトが諦め与えられなくなると、彼女たちは決まって怒り出すのだ。

愛させてやったのに、と。

何度繰り返しても、そう言われるたびに、ハヤトはいつも傷ついてしまう。

ハヤトはただ、愛した分だけ、愛し返して欲しいだけなのに。

しかしハヤトの愛は、過剰すぎるらしい。同じ分だけ、求めるものも大きい。

ハヤトをよく知る友人からは呆れ交じりに「ペットを飼え。お前にぴったりなのは恋人ではなくて可愛がられるためだけに生まれた愛玩動物だ」と諭されることもあった。

しかしハヤトの欲求は、動物を愛でるだけでは満たされない。欲しいものは優しい温もりだけではないのだ。

なにより彼らは、ハヤトよりも先に死ぬ。満たされた後で先立たれるのはごめんだった。

花梨が絶望していたように、今夜ハヤトもまた、疲れていた。

ほんのひと時の癒しを求めて、通い慣れた家の近くの店に足を運んだのである。

まさかそんなときに自分の理想通りの……必死に己を保とうとあがく相手に出会うと思うだろうか。

「……君は、本当に僕の猫になってくれる?」

寝息を立てる花梨を抱きしめ、ハヤトはその耳元に問いかけた。

たくさん可愛がって、たくさん愛してあげる――だから。

(僕で満たされて)

足りないというなら、欲しいというなら、いくらでも満たしてあげる。でも……金や権力ではなくハヤト自身を、求めて欲しい。

ありのままの自分を愛してくれる存在。そんなものは愛玩動物でなければ、あり得ない。

少なくとも、ハヤトのこれまでの人生では、お目にかかれなかった。

(わかっている。でも……まだ、夢を見たい)

自嘲で口元を歪めながら、ハヤトは花梨の頬を撫でた。

第二章　猫になる

浅瀬をたゆたうように、少しずつ眠気が引いていくのがわかる。

もう、目覚める時が来たのだろう。

けれど身体は覚醒に向かおうとしているのに、気持ちはまだ足りていない。

「ん……」

もう少しだけ眠ろうと、無意識のうちに温もりに手を伸ばした。

「……おいで」

優しく抱き寄せられる温もりにすり寄ったところで、花梨の頭に疑問が浮かぶ。

(私を抱き寄せたこの人は、一体誰？)

「……っ!?」

一気に意識が覚醒し、ばちんと花梨の瞼が開く。

視界に飛び込んできたのは、裸の喉元だった。

そのまま首を上に動かせば、見えたのは伏せられた長いまつ毛。

指先に触れるのは、厚いむき出しの胸板。

「えっ、ええっ⁉」

状況が把握できず、花梨は間抜けな声をあげてしまう。

すると頭の上からくつくつと笑う声が聞こえてきた。

「なんだ、起きたのか。もう少し寝ていても構わないのに」

「えっ、あっ、ええっ⁉」

ハヤトの低く艶のある声を耳にした途端、昨夜の出来事が花梨の脳裏を駆け巡る。

(私、やっちゃった……⁉)

これまでの自分ならあり得ない昨夜の記憶を思い出し、花梨は目を白黒させた。そんな花梨を見てハヤトは楽しそうに笑った。

「おはよう。昨日のことは覚えているかな？」

「だ、大体は……」

居たたまれなさで縮こまりながら、花梨は頷く。

どうやら抱き合ったあとそのまま眠ってしまったらしい。

やけ酒を呷り見知らぬ人に甘え、さらにひと晩だけの関係を持ち、さらには寝落ち。

（……もういい年齢なのに、駄目な大人の見本みたい）

情けないどころか自分に幻滅し、花梨は落ち込む。

いつもより酒を過ごしたせいか頭が鈍く痛む。けれど二日酔いというほどではない。ずっと同じ酒ばかり飲んでいたおかげかもしれない。

いっそのこと何も覚えていなかったら楽だったのだろうか。

……それはそれでまた新たな問題が発生してしまうし、そもそも忘れるだなんて無理だろうとも思う。

それだけ、ハヤトとの行為は衝撃的だった。

（……まるで、ちゃんと愛してもらってるみたいだった）

そんなはずは、ないのに。

「よかった。もし忘れられていたらどうしようかと危惧していたところだ」

ハヤトがややわざとらしく口の端を上げてみせる。

「わ、忘れられるわけ、ない、です……」

思い出すだけで花梨の頬は熱くなってしまう。

なにしろ生まれて初めて味わった絶頂はあまりにも生々しく、またあまりにも強烈すぎて、身体にも心にもしっかり焼き付いている。

昨晩の痴態を全て見たハヤトがそれを察していないはずがない。

「身体は、大丈夫かい？　無理をさせてしまったかもしれないと思ってね」

ハヤトの気遣いの言葉に、花梨の心に申し訳なさが湧いてくる。

「それは、平気、です……」

下半身にいくらかだるさのようなものは残っている。今でも何か入っているような、微妙な違和感があるほどだ。しかしそれはわざわざ口に出すことではない。

「なら、そろそろ起きようか。シャワー浴びたいだろうし」

「あっ、やだ！　メイク！」

身を起こしながらハヤトに言われ、花梨は慌てて跳び起きた。

昨夜は快感と酒に酔わされて、そのまま寝てしまった。

となれば、今ハヤトに見せている顔はきっと恐ろしいことになっているはずだ。……流れたアイラインとマスカラのクズで目の下は真っ黒だろうし、脂が浮いてファンデーションが崩れた顔を想像し、血の気が引いていく。

「あれ？」

しかし慌てて頬に触れた指の感触がおかしい。

素肌に触れたのと、変わらない。

そんな花梨の様子を見て、ハヤトがにこりと笑う。

「簡単にではあるが、綺麗にしておいた」

「あ、ありがとう、ございます……」

……居たたまれないとは、まさに今のような状況を指すのだろう。

改めて自分の姿を確認すれば、あんなに汗をかいたのに身体にべとつきがないどころか、パジャマまで着せられている。とはいえ、あまりにもサイズがあっておらずぶかぶかなので、ハヤトのものなのだろう。

（ありがたい、けど……）

化粧したまま寝落ちだけでもアウトなのに、着替えさせてもらい、さらにメイクオフまでしてもらうなんて、女としてあり得ない。

穴があったら入りたいというのは、今のような状況のことを指すに違いなかった。

（ちゃんとしなきゃ！）

「さっ、昨夜はご迷惑をおかけしました」

花梨は居住まいを正し、改めて深々と頭を下げた。するとハヤトはなぜか苦笑する。

「謝られたのは初めてだなぁ」

どうやら花梨の対応がお気に召さなかったらしい。

「えっと、ではどうすれば……？」

寝起きで働かない頭ではわからなくて問い返すと、ハヤトはにんまりと笑って教えてくれた。

「素敵な夜でした、とか、最高だった、なんて言われたいね」

「そ、そんなこと、い、言えません……」

（恥ずかしすぎるし……なにより甘いひと時の感想なんて、自分には似合わないもの）

たとえばドラマや物語の中のヒロインならば別だけれど、と思って、ふと気づく。目の前にいるハヤトはまさに、物語のヒーローそのものだと。

寝起きなのに彼の魅力は全く損なわれていない。むしろ寝乱れた髪とほんのり伸びた髭が取り繕っていないワイルドな男性の魅力を強調しているようにさえ見える。昨夜のスマートな姿とは違う一面。しかし、素敵なことには変わりない。

「では昨夜に何か不満あったかな？」

「……ない、です」

これまで経験したことのない女の悦びを味わわせてもらった。まるで愛しい存在のように抱きしめてもらった。ひと晩限りの相手としては最高だったと言えるだろう。

いや、ひと晩どころか、花梨のこれからの人生において、ハヤト以上の男性と関係を持つことはないだろうと断言できる。

「それはなによりだ。さあ、シャワーを浴びておいで。その間に僕は朝食を用意しておく」

「はい……」

恥ずかしいやらいたたまれないやらで項垂れる花梨を置いて、ハヤトはベッドから降りる。

「あ……」

惜しげもなく晒されたたくましい上半身に、思わず目がいった。彼は上半身裸のまま、パジャマの下しか身に着けていなかったのだ。

「どうした?」

「い、いえっ、何もっ!」

「風呂は出て左のドアだ」

ハヤトは肩をすくめると、さっと部屋から出て行ってしまう。

「……あれ?」

その後姿を見送って、花梨は気づく。今身に着けているぶかぶかのパジャマは上だけ。

「もしかして」

ハヤトと一着の服を分け合っていたのだろうか。まるで、恋人同士のように。

「……まさかね」

想像を振り払うように花梨は頭を振ると、言われた通りバスルームに向かった。

「わぁ……」

思わず驚嘆の声を上げてしまったのは、洗面所がまるで高級ホテルのようだったからだ。

リュクスな雰囲気を漂わせたダークトーンの洗面所の天板はおそらく大理石製。2ボウルタイプで機能性も抜群だ。鏡も蛇口もピカピカに磨かれていて汚れひとつ見当たらない。

「すごい……」

洗面台の天板の上に、タオルや未使用の歯ブラシなどと一緒に昨日着ていた服が下着を含め綺麗にクリーニングされた状態で置かれている。それを見て花梨は思わず天を仰いだ。

「あとでまた謝らなきゃ……」

至れり尽くせりすぎて、申し訳なさばかり募ってしまう。

遠慮しようにもすでに綺麗になっているし、この服を着なければ帰れない。洗面所の鏡を見ればまつ毛の際に落とし切れていないアイメイクが見えるし、髪も洗いたい。

(とにかくシャワーを浴びよう)

花梨は無理やり自分を納得させ、パジャマを脱ぐ。

愛されるどころか、この家から出れば二度と会わない相手だとしても、きちんとしなくては。

立派な造りのバスルームで頭からほどよく熱いお湯をかぶると、その心地よさにほっとして身体から力が抜けていく。

頭を洗いながら、ぼんやりと昨日のことを思い出す。

「酷い一日だったなぁ……」

思わず笑ってしまうくらい、最悪の一日だった。それでも、今はもう昨夜バーに駆け込んだ時に感じていた絶望はない。

佐川副社長や高橋、そして浩志の顔が次々と頭に浮かぶ。けれどなぜか気持ちが波立たない。

――まるで台風一過。胸に残るのはある種の清々しさだけ。

「……変なの」

そうなった要因など、ひとつしか思い浮かばない。

花梨が着替えてリビングに向かうと、食欲をそそる香ばしい香りが出迎えてくれた。

「ああ、来たか。ちょうどできたところだ」

皿をダイニングに並べていたハヤトが花梨の姿を認めて微笑む。

花梨がシャワーしていた間に着替えていたようで、上半身裸ではなく白のTシャツと黒パンツ姿に変わっており、花梨は少しほっとする。

あの見事な裸体を眺められるのは眼福だがさすがに恥ずかしい。

「あの、シャワー、ありがとうございました」

「さっぱりしたなら、腹ごしらえだ。さあ、座ってくれ」

ハヤトは立派なお店のウェイターのようにダイニングチェアを引き座るように促してくる。本当に何から何まで絵になる人である。

「あの、もう帰りますから、結構です」

「ふたり分用意してしまったから食べてくれ。ほら」

「……わかりました」

　ダイニングテーブルにはしっかり花梨とハヤトふたり分の料理が用意されている。これを断るのはさすがにできない。

　テーブルに並んでいたのはトーストとスープ、そしてサラダとベーコンエッグというオーソドックスな朝食メニューだった。

　ただ、ベーコンは厚切りだし、サラダも大盛りでかなりボリュームがある。

「うわ、美味しい！　これどうやって作ったんですか⁉」

　一口食べて、花梨はその味わいに驚く。こんがりと色づいたトーストの上で蕩けるバターのほどよい塩気と芳醇なミルクの風味は絶品だし、じっくりと焼かれたベーコンの旨味も卵の濃厚な味も普通とは全く別物だった。

　食べる前は量が多いと感じたのに、あまりにも美味しくて止まらない。

「スープはインスタントだし、他のものも焼いただけだ」

　ハヤトは事も無げに言う。

（確かに、これは調理法云々というよりも、素材の力かも）

　花梨が普段食べているものと、レベルが全く違う。どんな高級な品よりもハヤトの経済力を見せつけられた気がした。

優雅にナイフとフォークを操る目の前の男性は、花梨とは住む次元の違う人なのだ。

「どうした？」

花梨の視線に気づいたのか、ハヤトが問いかけてくる。

「いいえ、美味しいなと思って」

本当に、ハヤトは見惚れてしまうくらい、素敵な男性だ。

「そうか。気に入ったのならもっと用意するか？」

「大丈夫です……ふふふっ」

ちょっとだけ、でも得意げに言ったハヤトの様子がなんだかおかしくて笑ってしまう。

自分の作った料理を美味しいと褒めてもらえたら嬉しいのは、住む次元が違っても同じらしい。

「あの、昨日はご迷惑をおかけしました」

食事の最中だったけれど、花梨はまた頭を下げた。ハヤトが苦笑するのが視線を合わせずともわかる。

「謝られるようなことは何もないが……酔っていない花梨は真面目なんだな」

「真面目も何も、ここまでやってもらったら普通なら申し訳ないと思います」

行為の後始末だけでもいたたまれないのに、脱ぎ散らかした服をクリーニングしてもらい、さらに手作りの食事までごちそうになるだなんて、世話焼きのお母さんでもここまでしてはくれない。

当然、花梨はこれまで付き合ってきた男性からここまでされたことなんてない。……むしろこちらが世話を焼いてあげるばかりだった。

「そうかな。僕はこちらの方が普通だよ」

どうやらハヤトは女性にとことん優しいらしい。

(いいなぁ。こんな人がお相手なら、きっと幸せだよね)

ハヤトのような素敵な男性の相手は、同じように素敵な女性なのだろう。

(少なくとも、私みたいな女じゃない)

花梨という女は、ひと晩の相手がせいぜいだ。

「昨日は、ありがとうございました」

自然と感謝の言葉が出た。今こんなすっきりした心持ちでいられるのは、間違いなく目の前の彼のおかげだ。

けれどハヤトはなんのことだと問う風に片眉を上げてみせた。

「おかげでこれからも仕事頑張れそうです」

花梨の言葉にハヤトは少し驚いた様子だった。

「続けるのか」

どうやらハヤトは花梨が仕事を辞めると思っていたらしい。

（まあ、辞職勧告と同じだって説明したし、当然か）

「辞めるのはいつでもできますから」

「それはそうだが」

「私の場合、今店舗に戻るのはそこまで悪い話じゃないんです」

「ほう」

ハヤトは少し驚いた様子で、持ち上げかけていたスープカップをテーブルに戻した。

「ただ元に戻るだけですから」

本社勤務しか経験がなく、本当に再びゼロからキャリアを積み上げなければならない立場だったなら、さすがにここでくじけていたかもしれない。

しかし花梨には店舗勤務の経験があるおかげで、店舗に戻った時自分がどういった立場に置かれるのか大体は予想がつく。

「しばらくは腫物扱いされるでしょうけど……これでも全くの新人よりは使えますから。となれば、配属先で爪弾きにされることはありません」

シュペットに限らず、エステティシャンの離職率は高い。

原因はこの職業特有の勤務体系にあった。

顧客の大多数が働く成人女性である以上、ピークタイムは休日や仕事の後、午後六時以降になってしまう。

必然的に終業時間は夜遅くなり、土日はもちろん休めない。サービス業はどれもそうだが、この勤務形態は子育てと相性がよろしくない。

そのため結婚したら、さらに子供が生まれたら多くの人が退職する。

大手なら産休や育休制度もあるし、子供が大きくなったところで復職する人も今はそれなりにいる。

しかし今度は年齢を重ねると若い頃と同じ働き方が難しくなってくる。

中腰での施術は特に腰を痛めやすい。店舗勤務は結構な肉体労働なのだ。

そのため、ある程度経験を積んだエステティシャンであれば、自分のペースで働けるサロンを構える人が多い。

ただ国家資格職が必要というわけでもなく、自宅の一室でも簡単に開業できる分、競争はかなり激しい。

花梨もいつか独立開業したいという夢は抱いている。しかし、そのタイミングは今ではない。

「一からのやり直しにはなりますけど、逆に言えば会社のお金でまた最新の施術の研修が受けられますから」

「次のあてがないというわけではないのか」

「うちの業界は基本万年人手不足ですから、伝手を辿ればなんとかなります」

すでに転職した先輩や元同僚に声をかければ、再就職先はすぐ見つかるだろう。

キャリアアップのために会社を変えることだって、別に珍しい話ではない。

「……でも、新しいところに行くなら、今みたいに消極的な気持ちでは嫌なんです。行くなら、ちゃんとできることはやり切って、前向きな気持ちで行きたい」

希望して新卒で入社した会社だし、仕事内容自体に大きな不満はなかった。それなりに愛着もある。逃げたり追い立てられるようにして去るのではなく、自分が納得した段階で、辞めたい。

「恨みはない？」

静かなハヤトの問いかけに、花梨は首を横に振った。

「正直に言えば仕事に未練はありますけど、どうしようもないですし。……なにより、もう、あの人たちには関わりたくないです」

一旦気持ちは落ち着いたが、会社に対して、佐川副社長や高橋に対して、完全に思うところが無くなったわけではない。やり残したことも山ほどある。

しかしここから戦っても今回の異動が覆るとは到底思えない。

覆ったとしても、そこから周囲の協力は得られないだろう。マジェスティホテルのプロジェクトは到底花梨ひとりでどうにかなる仕事ではない。

もう、花梨にできることはないのだ。

ならば当初の自分の夢である、将来の独立開業に舵を切り直したほうがいい。

「割り切れるのか。強いな」

ハヤトの呟きに花梨は思わず首を横に振る。強い、というのは何か違うと感じたからだ。

「別に……強くはないです。なんていうか……」

言葉を探りつつ、花梨は続ける。

「そうしなきゃ生きていけないだけですから。飲み込むだけです」

花梨の答えにハヤトがはっとしたように目を見開いた。

(おかしなことを言っちゃったかな)

けれど花梨の中で納得できる言葉が他に思いつかなかった。

どんなに大変でも、働いて明日のご飯と住処を得るために頑張らなければ、生きていけない。特にこの東京《とうきょう》という街では。

ややあってハヤトは苦笑交じりのため息をついてみせた。

「やはり花梨は強いな。……昨日はそう見えなかったが」

「昨日を基準にされるのは……困ります」

なにしろ恋人に浮気されて自分で摑んだ仕事を奪われたのだ。さすがにこれで落ち込まない人はいないだろう。

「君のような人材が失われてしまうのは非常に残念だ」

「ありがとうございます」

ハヤトの惜しむような言い方がふと心にひっかかる。まるで花梨の仕事を知っているかのように感じたからだ。

しかし昨夜説明した時も会社名や取引先については当然伏せている。

自暴自棄になっていても守秘義務まで忘れるほど花梨は馬鹿じゃない。

（そもそもハヤトさんみたいにインパクトのある相手と顔を合わせていたら、忘れるわけがないしなぁ）

「……っ、ああっ！」

香ばしく焼かれたトーストを口に運びながら花梨が首を傾げた、次の瞬間。

唐突に目の前にいる男性と、記憶のとあるページが完全に一致する。

（私、会ったことある！）

むしろ、どうしてこんなにインパクトのある人を今まで忘れていられたのだろう。

「あっ、あのっ、もしかして……二階堂《にかいどう》社長、でいらっしゃいますか」

問いかけにハヤトはにやりと微笑んだ。

「やっと思い出してくれたか。シュペットの横澤花梨さん」

会社名と共にフルネームを呼ばれ、驚愕のあまり花梨の身体が震えてくる。

目の前で食事をしているこの人の名は、二階堂隼人《はやと》。

——彼の正体は、マジェスティホテルグループの社長その人だった。

「えっ、ちょっ、ちょっと待ってください！　どうしてっ!?」

混乱する花梨に隼人はただ愉しそうに笑う。

「どうしてもなにも、これでもホテルマンなんでね。人の顔と名前を覚えられなきゃ仕事にならない」

「えっ、で、でも……」

どんなに優秀なホテルマンでも、コンペでたった一度顔を合わせただけの相手を覚えていられるものなのだろうか。

隼人からすれば何社もあった候補の、それも担当者のひとりでしかない。さらに言えば挨拶以上の会話もなかった。

こんなところで再会するなど、誰が想像するだろう。

彼の立場を考えれば、ラブホテルなど泊まらないのは当然だ。なにしろ日本を代表するホテルグループのトップである。求められるものが全く違うとはいえ、明らかに質の低いホテルなど泊まりたくないだろう。

かといって自身が求めるクオリティを求めれば利用できる場所は限られてしまう。

女連れで自社のホテルは論外だし、他社はもっとあり得ない。

……自宅一択になるわけだ。

そして彼の職業を考えれば、服のクリーニングなどの至れり尽くせりの対応も、納得である。

「もしかして、声をかけてきたのは私が何者かわかっていたからですか？　手元に名刺があったわけでもないのに顔どころか名前まで憶えているのは、凄すぎます」

「いや、さすがに違うよ」

苦笑しながら隼人は説明を続ける。

「泣いている女の子を放っておけなかっただけさ」

「そう、ですか」

（ていうか、知らなかったとはいえ、取引先の人と身体の関係になっちゃったんですけど！）

しかし花梨が「ヤバイ！」と慌てたのは本当に一瞬だけだった。

（……そうだった。私、もう、マジェスティグループとは関係ないんだ）

取引先には違いなくても、今後関わることはない。

「まあ、仮に花梨の名を覚えていなかったとしても、あそこまで詳細を聞けば嫌でも思い出すよ。……もうすぐ内装は完成すると報告を受けている。その後店で研修を行う予定だったかな」

マジェスティホテルの店は、既存の店舗とは動線も異なるしサービスの内容も違う。そのためオープン前に実地研修を行う予定になっていた。

だが社長である隼人からすれば数あるテナントのひとつでしかない。進捗状況をここまで把握しているとは思わなかった。

「そうです。……よく、ご存じですね」

「あのエステサロンは今回のリニューアルにおける目玉のひとつだからね」

「ありがとう、ございます……」

(サービス内容と新規導入した機械に合わせて研修内容を考えるの、大変だったな……)

思い出すと花梨の脳裏に副社長と高橋の顔がちらついた。高橋が面倒な横やりを入れてきて、揉めたことまで思い出されて、苦笑してしまう。

「どうする?」

「何をですか?」

問われた意味がわからず花梨がそのまま問い返すと、隼人はにやりと笑って続けた。

「君が戻りたいと望むなら、そのように手配できるが?」

「……っ!?」

まるで飲み物のおかわりを尋ねるような気軽さで提案され、花梨は息を呑んだ。

確かに目の前の彼が「担当者を元に戻せ」と一言命じれば、戻れるに違いない。

それだけの力が隼人にはあった。

「どうする？」

再び同じ問いが投げかけられる。

花梨をコケにしたふたりの顔が思い浮かぶ。胸の奥がざわつくのがわかった。

「……どうもしません」

けれど花梨は首を横に振りながらそう答えた。

隼人は「なぜ？」と問うように片眉を上げる。

「今ここでそれを願ったら、私は高橋さんと同じになります」

誰かの力で何かを成しても、それは自分のものにはならない。

仮に隼人が恋人であったとしても、花梨はそんな非常識なお願いなんてできないし、しようとも思わない。

そもそも目の前の彼と花梨のつながりは、一夜を共にした関係、それ以上でもそれ以下でもない。頼めるような相手ではないのだ。

「そうか」

隼人は頷くと、それ以上は何も言わなかった。だから花梨も黙って食事を再開した。

食べかけていたトーストを口に運ぶ。

先程まではすごく美味しいと感じていたのに、今はなんだか違うものを食べているようだった。

まるで、夢から醒めたかのように。

「……ごちそうさまでした」

「お粗末様。今コーヒーを淹れるよ。それとも紅茶の方がいいかな」

まるで引き留めるように言われて、花梨は苦笑する。

「いえ、もう帰るので結構です」

ところが花梨の答えに隼人は首を傾げた。

「なぜ帰るんだ？」

「えっ⁉」

「君は僕の猫になったのだから、このままずっとここにいなくちゃ駄目だろう」

「なんですかそれ。社長でも冗談仰るんですね」

ひとしきり笑うと、なぜか虚しさが胸に残る。

隼人は律義な人なのだろう。

ひと晩の夢から醒めても昨日からのロールプレイを続けてくれるのだから。

「……本当に、猫になれたらいいですけどね。でも、私人間ですから」

誰かに甘え、守ってもらうことなんてできない。

どんなに逆風が吹き荒れていても、自分の足で立ち歩いていくのだ。

花梨はそう決めて、地元から東京へやってきた。

(大丈夫、私ならきっとできる)

そう心の中で唱えて、思い出す。マジェスティグループのコンペに臨む時、同じように心の中で唱えたことを。

あれが人生で一番成功した瞬間なわけがない。

きっとこれからだって、いいことがあるはず。

鳥は、向かい風で飛んでいく。

逆風こそより高く、より遠くへ飛ぶチャンスなのだ。

「そうか。なら家まで送らせてくれ」

「いいえ！　そこまで甘えられません」

すでに食事までごちそうになりたっぷり甘えさせてもらった後だ。これ以上は申し訳なさすぎると花梨は固辞する。

「気にしないでくれ。女性を家に送り届けるのは男の義務だ」

しかし茶目っ気たっぷりに片目をつぶってみせた隼人は、全く引き下がってはくれず……花梨は散々遠慮したものの、結局家まで送ってもらうことになってしまった。

マンションの地下駐車場に並んでいたのは、大して車に詳しくない花梨でも知っている外国メーカーの高級車ばかり。

もちろん社長である隼人には似合っているが、根っからの庶民である花梨からすれば汚したりしないかと心配になって、座るのも緊張してしまう。

「あの……色々ご迷惑をおかけして、本当に申し訳ありません」

すでに取り繕えないレベルである自覚はあったが、花梨には謝ることしかできない。

「別に何も迷惑ではない」

助手席で頭を下げる花梨にそう言った隼人は「しかし」と一度言葉を切った。

「このまま帰ってもいいのか？」

言外に仕事を奪った彼らに報いを与えなくてもいいのか、と問われていることはわかった。復讐する力がある隼人からすれば、花梨の態度を歯がゆく感じるのだろう。

「はい。大丈夫です」

「そうか」

（……まあ、私の知らないところでちょっと不幸になってくれればいいなとは思うけど）

さすがに彼らの幸せを願えるほど、花梨はできた人間ではない。だが目の前で不幸になるのを見るのも居心地が悪い。

とにかくもう、関わり合いになりたくない気持ちの方が大きい。

「……マジェスティホテルの店は上手くいって欲しいんです」

自分がイチから関わった仕事で、思い入れがある。もう関係は無くなっても、成功して欲しかった。

「花梨は強いだけでなく、優しい」

「そんなこと、ないです」

隼人の呟きに花梨は思わず苦笑してしまう。

(私は強くなんかないし、優しくもない。ただ、これ以上傷つきたくないだけの弱虫だ)

「あの、二階堂社長のおかげで……」

「隼人、だ。仕事でもないのにその呼び方は止めてくれ」

花梨からすれば下の名前で呼ぶ方が緊張する。

しかし確かに、この関係性にこれ以上仕事は持ち込まない方がいい。

そう思い直した花梨は慌てて言い換える。

「わ、わかりました。……隼人さんのおかげで……その、気持ちがだいぶ落ち着きました。ありがとうございます」

「もう謝罪も感謝も十分だよ。次の信号を右折でいいのかな」

「はい、曲がって左手に見えるグレーの建物です」

都心にある隼人の自宅からは車で四十分ほどの場所にある五階建てのマンションの三階が花梨の家だ。

外観は築四十年という築年数に見合う状態だが、入居時に部屋自体は綺麗にリフォームされていたので使い勝手は悪くない。

最寄り駅は私鉄だが快速が止まるので都心へのアクセスは上々。駅前にはスーパーや深夜営業の薬局などもあり、気に入っていた。

（ようやく、家に帰れる）

隼人に隠れ花梨は安堵のため息を吐く。昨夜はあんなに帰りたくなかったのに、今家が猛烈に恋しいのは、たった一日で色々ありすぎたせいかもしれない。

「……あれ？」

ところがマンションに近づくにつれ、様子がおかしいことに気づく。部屋着姿の人たちが集まってなにやらマンションを見上げながら話をしているのだ。

「どうかしたのか？　人が集まっているようだが」

身を乗り出した花梨の態度から何かを察した隼人が尋ねてくる。

「わ、わかりません」

花梨の住むマンションはその間取りから単身者しかおらず、基本的に入居者同士の交流や近所の人との付き合いなどもない。

ここで暮らして数年が経つが、土曜の朝に井戸端会議が始まったことなど一度もなかったはずだ。

嫌な予感が胸の鼓動を速めるのを感じながら、花梨は車から降りる。

すると部屋着姿の人たちのひとりが花梨の顔を見て大きな声を上げた。

「知り合いか？」

「ええと、隣の部屋の人です」

追いかけるように降りてきた隼人に花梨は頷く。

とはいえ、彼と付き合いがあるわけではない。名前と顔が一致している唯一の隣人というだけだ。

確か大学生のはずだと花梨は思い出す。入居した時に親御さんと一緒に挨拶に来たので覚えていた。

集まっている他の人たちもなんとなく見覚えのある顔ばかり。どうやら皆このマンションの入居者らしかった。

「隣のお姉さん出かけてたんですね。なんだ、ピンポンしても出ないはずだわ」

「あ、あのっ、何かあったんですか？　私今帰ってきたところで、何もわからなくて」

問いかけると隣の男子大学生はため息交じりに続けた。

「もう最悪ですよ。水漏れ！」

「水漏れ!?」

「寝てたらなんか冷てぇなって思って、目ぇ開けたら上から水がぼたぼたって落ちてきて！」

男子大学生が派手に身振り手振りを交えながら説明してくれる。けれど興奮しすぎていて要領を得ない。

「雨漏りとかではなくて、排水管が破損しているようです」

見かねた他の人が補足してくれた。上階の排水管がどこかで破損しているようで、汚水が三階の天井から洩れてきているらしい。管理会社に連絡したものの、土曜、さらに早朝であったため、対応するのに時間がかかるという。

「俺の部屋はもうダメっすよ」

ため息を吐いた男子大学生の話を引き継ぐように、他の人が言った。

「彼の隣ならあなたも三階ですよね。自分の部屋早く確認した方がいいですよ。……今のところ、三階の他の部屋は全滅だから」

「そんな……っ！」

慌てて階段を駆け上がり、自室の扉を開ける。

「……っ!?」

扉を開いた途端、湿気と異臭がどっと流れ出してきた。何かが腐ったような、きつい匂いに花梨は思わず顔を顰めてしまう。

（汚水って、こんな臭いなの？）

花梨の部屋は玄関を入ればすぐに洗濯機、そしてキッチンがある造りの1Kだ。玄関に立っただけで、すでに部屋全体がじっとりと湿っているように感じる。

(嘘でしょ？　他の部屋の臭いが漏れてきているだけでしょ？)

そんな風に自分に言い訳しながら、恐る恐る部屋の中へと足を進める。

「あぁ……」

キッチンから寝室へと繋がる扉を開いた途端、声が出た。

天井には大きな染みが広がっていて、ぽたりぽたりとそこからいくつも雫が垂れている。

悪臭を放つ水はさして広くない部屋を全て濡らしてしまっていた。ベッドも、ラグも、棚の本も、家電製品も。

ずぶ濡れというほどではない。

けれど全てがしっとりとした水分と共に悪臭を含んでしまっている。

男子大学生がもうダメだと言った意味がよく分かった。

たとえ綺麗に洗って衛生的に問題なくても、一度この状態になったものを再び使う気にはなれない。

いや、家財は元より、ここに住み続けられるのだろうか。

「これは……酷いな」

花梨が部屋の惨状に立ち尽くしていると、隼人の声が背後から聞こえた。

「は、はは……」

開いた口から、乾いた笑いが漏れた。

「全部、駄目になっちゃいました……」

仕事では辞職勧告、恋人には浮気された挙句に二股をかけられ、さらに家が汚水まみれときたら……もう笑うしかなかった。

最悪というものは、どうやら一日で終わってはくれないものらしい。

花梨の視界がぼやけていく。涙が、止まらない。

ひとり上京し、十年。これまで必死に頑張って手に入れてきたものを——花梨はたった一日で全て失ってしまった。

「はは、どうしよう……どうしたら……」

呆然と笑う花梨を隼人が背後から抱き留める。

「落ち着いて。誰か、頼れる人はいる?」

花梨は小さく首を横に振った。昨日までならいた。合鍵を交換した恋人がいた。信頼していた上司がいた。けれど、今日は影も形もない。

「ないです……。実家は遠いし、頼るなんて絶対無理……」

「折り合いが悪いのか?」

花梨と実家との関係はそんなレベルではない。また花梨は首を横に振る。

「縁を切っているようなものなので」

「それは、なぜ？」

（ああ、隼人さんは家族仲がいいんだなぁ）

隼人の声の中に驚きと困惑を感じ取り、花梨はぼんやりと思う。

こと家族というものに関しては、自らの体験がその人のスタンダードになる。

花梨の故郷は、東北にある農業が基幹産業の小さな街だ。当然エステサロンなどない。

そんな花梨がわざわざ東京に来たのには理由がある。

「……私が中学の時に母は家を出て行って。……それからすごく父から、その、束縛されるようになったんです」

田舎にはよくある、男尊女卑の意識が強い家だった。祖父も父も、母をまるで奴隷のようにこき使っていた。花梨も女だからと母の手伝いをさせられていた。

都会から嫁いできた母はその生活に耐えられなくなったのだろう。ある日突然、姿を消した。

「父は私が身綺麗にしていれば、母のように出ていくとでも思ったんでしょう。年頃のおしゃれは全く許してもらえませんでした。……眉を整えただけで怒鳴られました」

髪を切ることもろくに許されなかった高校時代は花梨の黒歴史である。

「それは……よく家を出られたな」

「母が助けてくれたんです」

出奔した母とは密かに連絡を取ることができた。だから花梨は家を出られたのだ。そうでなければまともに就職できたかどうかもわからない。

「将来、どんな風になりたいかと考えた時、『いつか自分のように、綺麗になりたいと願う女の子を綺麗にしてあげたい』って思いました。だから、エステティシャンになるって決めて、上京したんです」

以来一度も、実家には帰っていない。母とはたまに連絡を取っているが、あちらも女のひとり暮らしだ。余裕のある生活をしているわけではない。

なによりようやく穏やかな毎日を手に入れた母の邪魔はできなかった。

「頼る人なんて、誰も……」

涙と共に花梨から弱音が漏れそうになる。それを花梨は必死で堪えた。

(そんなこと、上京した時からわかっていたことじゃない)

花梨は袖で涙を拭い、隼人の腕から抜け出す。

ひとりで生きていくと決めて、花梨は今、ここにいる。

「すみません！　昨日からみっともないところばかりお見せしてしまって！」

花梨は努めて笑顔を浮かべ明るい声を出した。

「ひとりでなんとかします。送っていただいて、ありがとうございました！」

礼を言って身を翻そうとした、その時。

「待ちなさい」

隼人は花梨の腕を掴み引き留めた。

「離してください！　掃除しなきゃ！」

身をよじった花梨に隼人は子供に言い聞かせるかのような口調で続ける。

「少し落ち着きなさい。掃除の前に修理が必要だろう」

「えっ……あ……そう、ですね」

まだ天井から汚水は漏れ続けていることをすっかり失念していた。

「す、すみません、私……」

「自宅がこんなことになれば、誰だって動揺する。当たり前だ」

「あ……」

労わるように肩を撫でられ、花梨は自分が震えていることに気づいた。

自覚してしまえば、もう駄目だった。先程奮い立たせたはずの身体から力が抜けていく。

(ち、ちゃんとしなきゃ)

もう一度、と思っても、目の前の悲惨な状況に気力が追い付かない。

「とりあえず、僕に任せなさい。花梨は貴重品をまとめて」

「は、はい」

言われるがまま、花梨は汚れた部屋から貴重品をかき集める。

濡れていないものもこの汚れた臭いが染みついているような気がして、あまり持ち出そうという気持ちになれない。

頭も手もろくに動かない花梨の横で、隼人は部屋にあったゴミ袋などを上手く使い、簡単な養生を済ませてしまう。

「じゃあ、行こう」

ぼんやりとしたままの花梨を隼人は部屋から連れ出す。そして気づくと花梨は再び隼人の車に乗せられていた。

「えっ、あれ？　なんで？」

我に返り左右を見回した花梨を落ち着けようとしてか、隼人は大きな手で頭をぽんぽんと優しく叩く。

「何か進展があったら連絡もらえるように頼んできた。とりあえずここから出よう」

「で、でも、私」

「あの部屋の中にはいられない。わかるだろう？」

「それは、そう、かもですけど」

あの悪臭に耐えられるかと問われれば、花梨も自信がない。なにより花梨だってわかっているのだ。あの場に残ったとしても所在なさげに外にいた人たちと一緒に、業者を待つくらいしかできないと。

「もどかしいかもしれないが、今はどうしようもない」

「……はい」

隼人の手が、ゆっくり花梨の頭を撫でる。後頭部の丸みをなぞり、項に触れ、髪をすく隼人の手は、思わずなついてしまいたくなる心地よさがあった。

（すごく、安心する）

それは隼人が花梨を傷つけないと昨夜証明してみせたからなのかもしれない。

「少し気分転換に行こうか。綺麗なものを見に行こう」

隼人は明るく言うと、車のエンジンをかけた。


「……綺麗なものって、ここにあるんですか？」

そんな間抜けなことを口にしてしまったのは、連れていかれたのが銀座《ぎんざ》にある老舗百貨店だったからだ。しかも通されたのは、これまで見たことのない外商専門のフロア。案内されて席に着けば飲み物まで出され、まるで高級ホテルのラウンジのような造りと雰囲気に、花梨は狼狽えてしまう。

（デパートにある綺麗なものってなんだろう？）

煌びやかなハイブランド品か、はたまた豪奢な宝飾品か。花梨は首をひねる。

（……でも居づらいなぁ）

上質なソファに座りつつも花梨は居心地悪く縮こまってしまう。

なにしろ今の花梨は、洗いざらしの髪におざなりな化粧しかしていない。しかもあの汚れた部屋に入ったせいで若干臭う気もする。

このラグジュアリー感溢れる空間にそぐわないことこの上ない。

「あの、よく来られるんですか？」

居心地の悪さを誤魔化すように問いかけた。

隼人くらいのセレブなら、外商を普段使いしているのだろうと思ったのだ。

しかし隼人は首を横に振る。

「いや、こうして店に来たのは久しぶりだ」

「ええっ⁉　普段来てないんですか？」

「頼めばだいたい届けてくれるからな」

予想外の答えに驚くと、隼人はさらりと言う。

（じゃあ、なんでデパートに？）

届けてくれるのなら、そもそも足を運ぶ必要はないはずだ。隼人の行動の意図がわからず、花梨は首を傾げる。

「二階堂様、ようこそお越しくださいました」

花梨が首を傾げていると、担当と思われる女性の店員さんがやってくる。柔らかな物腰と笑顔から、接客のプロだとひと目見ただけでわかった。

「本日はどういったものをお探しでしょうか？」

「今日はこの子の服を探していてね」

「……えっ!? 綺麗なものを見に来たんじゃ」

「ではお任せでひと通り頼む」

「承知致しました」

あっけにとられる花梨を置き去りのまま、どんどん話が進んでいく。花梨は気づいた時には頭から足先まで着せ替えられていた。

スタンドカラーワンピースは、ピンクベージュにブルーの花が描かれた生地にほどよい光沢感があり、さらりとした感触でとても着心地がいい。ふくらはぎの中ほどまでのミモレ丈で、リラックス感がありつつも共地のベルトで腰を絞ってあるので上品さもある。

下着のサイズを店員の見立てに従って変えたら普段より身体のラインがぐっと綺麗に見えた。

ワンピースの柄と合わせたピンクのパンプスは足が綺麗に見える七センチヒール。普段よりやや高めなのに足への負担が少なくてすごく履き心地がいい。

さらにヘアメイクまで整えてもらったためか、花梨は先程までのくたびれた姿が嘘のようにすっかり綺麗になっていた。

まるでどこぞの良家のお嬢様といった風貌だ。

「うん、似合うね！　すごく可愛いよ！」

すっかり変身した花梨を隼人は手放しで褒めたたえる。

「あ、ありがとうございます……。隼人さんも、素敵です」

花梨が変身している間に、隼人もまた装いを変えていた。Tシャツにブラックのパンツを合わせ、ジャケットを羽織っただけのラフなスタイル。

昨夜のかっちりとしたスーツの印象とはまた違っていたが、カジュアルなコーディネイトもとてもよく似合っている。

「ああ、やっと笑ったな」

「え……」

指摘され花梨は思わず自分の頬に触れて考える。

(そんなに私ひどい表情をしていたのかしら)

しかし考えてみれば昨夜は仕事と恋愛に疲れて荒んでいた。

その上ひと晩明けたら相手はとんでもない人で、さらに漏水で家財一式駄目になったとくれば、笑う隙など全く無かった。

「でも……どうして服なんて」

「綺麗なものを見に行くのなら、綺麗な格好の方がいいだろう」

確かにあの汚水まみれの部屋にいた服でどこかに出かけるのは周囲の人に迷惑である。

「いい服を着ると、テンションが上がるしね」

言うと隼人は少し気障に笑い片目をつぶってみせる。

(もしかして私を励ますためにわざわざ普段は来ない百貨店にまで足を運んでくれた……とか？　でも、ただ自分が着替えたかっただけ、かも)

まだ、隼人の人となりを花梨はいまいち摑めていない。

「あの、支払いは……」

「今回は助かったよ」

「いえいえ、こちらこそお手伝いさせていただいて光栄です」

花梨の問いかけをさらりとスルーした隼人は、にこやかに店員に礼を述べる。

「じゃあ改めて、行こうか」

「えっ、あの、代金……」

「またのご利用を心よりお待ちしております」

店員の満面の笑みに見送られ、ふたりは百貨店を後にした。

「色々ありがとうございました」

車に乗り込みふたりきりになったところで花梨は改めて感謝を伝えると、鞄から財布を取り出した。

「おいくらでしたでしょうか？　代金、お支払いします」

「気にしなくていい」

「気にしないでいられるような金額じゃないです！」

値札は見ていないが、なにしろ花梨が今着ているこのワンピースは、誰でも知っているハイブランドのものである。

この他、下着や靴、それにヘアメイクまで全て含めれば、花梨の月収ほどは軽くかかっているだろう。

しかし食い下がる花梨に隼人は軽く笑ってみせる。

「いいさ。花梨が笑ってくれたなら安いものだ」

「私の笑顔なんて値段つきませんよ」

仕事でスマイルはただのサービスだ。花梨にとって自分の笑顔などなんの価値もない。

しかし隼人にとっては違うようだった。

「値段がつけられない、それこそ価値のあるものだという証だ。着てしまったらもう返品も利かない。受け取ってもらえなければこちらが困るよ」

困ると言われると、花梨は引き下がるしかない。だが隼人の口調は話した内容とは裏腹になぜかとても楽しそうだった。

「すみません……」

（隼人さんはとんでもないお金持ちだけど……こんなによくしてもらう理由、ないのに）

汚水の臭いがついた服を着替えられたことは、嬉しい。けれど素敵な洋服を着られた高揚感よりも罪悪感の方がずっとずっと重い。

花梨の口から感謝よりも謝罪の言葉がでるのは、そのせいだった。

いつも何かしてもらうと、嬉しいと思うよりも申し訳なさが先に立つ。

車が目的地に辿り着くまで、花梨はずっと重い感情に胸を塞がれ続けた。

そこは、まるで天国のような場所だった。

造られた暗闇の中に色とりどりの花が咲き乱れている。

季節も、場所も関係なく、芽吹き、育ち、つぼみを膨らませ、艶やかに開き、そして儚く散っていく。

見事な色と光と音の饗宴に花梨は圧倒される。

「すごい……」

綺麗なものを見るために、と隼人が花梨を連れてきたのは、都心にあるアートミュージアムだった。

地図のないミュージアムと称するその美術館では、様々な作品が境などなく展示され、それによって作品同士が関係し、影響し合い、時に混ざり合う。

それだけではなく、鑑賞している人の動きに合わせて作品が変化するのが大きな特徴だった。

たとえば花が生まれる場所に立ち止まっていれば、花はいくつも咲いていくが、触れたり踏んだりすると、一斉に散ってしまう。

色と光と音、さらに香りまでもが複雑に交差し織りなす幻想的な世界は、まるで万華鏡のように見る人によってその姿を変える。

不思議な空間の中に身体ごと没入し体感していく、新しい形の美術館だ。

「綺麗だろう?」

「はい、とっても！　本当に、すごい……」

目の前で次々と展開していく映像に見惚れ、花梨はほう、とため息をつく。

「私、学がなくてこういう時全然言葉が出てこないんですけど……なんだか生命の営みそのものって感じですね。生まれて、花開いて……そして死んでいくことの意味を問いかけられているみたい」

花梨の言葉に隼人はふっと真顔になる。

「学がないなんて、そんな悲しいことを言わないでくれ。花梨にはちゃんと自分の言葉があるじゃないか」

「えっ……」

思いもよらない隼人の言葉に花梨は目を瞬かせる。

「何かを感じる時に、知識はそう重要じゃない。もちろん深く理解する手助けにはなるけれどね」

まるで子供に諭すように言うと、隼人は「そうだ」と思いついたように続けた。

「豊洲《とよす》に同じ系列の施設があるんだが、そちらは水を使った展示をしているよ」

「水？　噴水とかですか？」

「見るのではなく、裸足になって水の中に入るんだ」

「……全然想像つかないです」

花梨は元々アート、それも現代アートの類には全く明るくない。

「興味があるなら今度行ってみるかい？」

反射的に「行きたいです！」と言いそうになり、花梨ははっと我に返る。

(何調子に乗っているの、私)

勢いだけで次の約束をしようとするなんて。

「す、すみません。……あの、なんで急にこんなところに連れてきてくださったんですか？」

慌てて話を逸らしたことなど、お見通しなのだろう。隼人は苦笑する。

「綺麗なものを見ると、元気がでるからね。アートには力がある。落ち込んでいる時にも効くよ」

「なるほど、本当ですね……」

美しいものを見ていると、くよくよと思い悩むことは難しい。

いつの間にか水漏れを前にして感じた絶望が消えていることに花梨は気づく。

(不思議)

花梨は何か辛いことがあれば、ベッドの中に潜り込んでひとりで泣くのがお決まりだった。だからみなそうやって乗り切るのだとばかり思い込んでいた。

けれどひとりの世界に閉じこもるのではなく、あえて外に出て刺激を受けるというやり方もあったのだ。

(でも……これからどうすればいいんだろう)

美しいものを見て気持ちは落ち着いた。

しかし実際のところ問題は全く解決していない。

衝撃が収まってしまえば、今度は寝るところだけでなく家財道具までも失った事実がじわじわと花梨を追い詰めてくる。

安月給のひとり暮らしだ。家財に高価な品はそう多くない。しかしあの部屋には花梨が東京で得たものの全てがあった。

（入居時に保険には加入したけど……内容覚えてない）

果たして漏水は補償の対象になっていただろうか。年相応の貯金はあるが、全く別の人生を始められるほどは多くはない。

何もかもやり直しになるのか。この年齢になってキャリアをリセットし、家財道具もいちから揃えて。

困難な日々が容易に想像できてしまい、花梨は思わず自分を守るように二の腕を抱いた。

「なにも心配する必要はないよ」

「えっ」

花梨の不安を察したように、隼人が微笑む。

「僕の家にくればいい。もう花梨はうちの子なんだから」

「……うちの子？」

「僕は猫を外飼いするつもりはないよ」

呆然と問い返した花梨に、隼人はきょとんとした顔で返してくる。

「えっと……本気、ですか？」

二度目は冗談だとは流せなかった。

ここまで言われれば、隼人の言う「猫」とはただのお遊び、ロールプレイなどではなく、言葉通りの意味だとさすがにわかる。

しかし人を猫として飼うなど荒唐無稽すぎて、咄嗟に受け止め切れない。

「もちろん。冗談などではないよ」

「お酒の席の話ですし……その、ひと晩限りのことかと」

「それは君が勝手にそう解釈しただけだろう。少なくとも僕は期限を定めていない」

確かに期限を区切るようなことは言っていなかった。

しかしあの状況で無期限の契約が成立したと思う女はいないだろう。

「でも……」

「そもそも君が望んだのではなかったかな。……猫みたいにただ可愛がられるだけの存在になりたい、と」

忘れたのかい？　と問われて、花梨は返答に詰まる。もちろん、忘れてない。

（そんな風に、なれたなら）

今胸を塞いでいるこの不安や苦しみから、解放されるのだろうか。

立ち止まった花梨の周囲で、ひとつふたつと花が芽吹き、つぼみを開く。しかし伸びてきた隼人の手が、それを散らした。

「君のような子は放っておいたら危なすぎる。そうでなくても野良猫の暮らしは過酷で危険に満ちている。昔は外と家を行き来するような飼い方が普通だったかもしれないが、今は室内飼いが常識だからね」

隼人の大きな手が、花梨の頭をゆっくりと撫でる。先程覚えた心地よさが蘇り、花梨はなぜか泣きたくなった。

なぜならまるきり猫、それも野良猫扱いされているのに、憤るどころか、どこか喜んでいる自分がいたからだ。

(誰かに、守って欲しかったんだ、私)

父はある意味守ってくれていたのかもしれないが、花梨を尊重してはくれなかった。母は花梨を見捨てて逃げた。後に助けてくれたけれど、置いていかれた事実は変わらない。

自分よりも大きくて強い人に、守って欲しい。まだ花梨の中にいる子供の部分が叫んでいる。

しかし、実際の花梨はもう大人だ。ひとりで生きていける。

「……でも、これ以上甘えるわけには、いきません」

朝食をごちそうになり、家まで送ってくれた。さらに高価な服までプレゼントしてもらった。すでにひと晩の優しさ以上のものをもらっている。これ以上はさすがに迷惑だ。

「別にまだ甘えてもらって構わないよ」

「え……っ!?」

驚く花梨に隼人は事も無げに言う。

「飼い主の仕事は猫を甘やかすことだ。知らないのか?」

問われて花梨は再び言葉に詰まる。

（……確かにＳＮＳなんかで見かける猫を飼ってる人ってものすごくメロメロだけど）

しかし大企業のトップである隼人が猫、それもまがいものに夢中になるだなんて花梨には思えなかった。それになにより。

「私があなたのうちの子に相応しいとは思えません。……だって私、綺麗なものを見て、元気をもらうなんて、考えたこともありませんでした」

田舎に住んでいた花梨が文化的なものに触れる機会はほとんどなかった。

外と繋がれたのはスマホと本のおかげで、そこで辛うじて流行と夢を検索できただけ。

「こんなところに来たことも無くて。……私、そういう育ちなんです」

興味がないわけでも、嫌いなわけでもない。しかし知らないものは検索できないように、東京に出てきても花梨は自ら文化的な催しに足を運ぶことはなかった。自分が行くところだと思っていなかったのだ。

国内でも有数のホテルチェーンであるマジェスティグループの現社長。二階堂隼人は創業者の直系だ。生まれも育ちも完璧な人間。

ならば花梨のような一般庶民とは感覚も行動も違って当然である。

気分転換という生活の一部にアートを組み込むような暮らしをしている隼人とは、相容れない。生まれ育った環境が違い過ぎる。

夜が明けるまでの間だったら、花梨と隼人はある意味対等だった。

身体を繋げ、花梨は束の間の忘却を、隼人はひと時の快楽を受け取る。ありふれたごくごく短い恋愛の形。

だが夢から醒めてしまった今の花梨は、仕事を奪われ恋を失い、さらに住処まで脅かされている無力な女でしかなく、対する隼人は財力と権力を持つ大企業のトップである。到底、釣り合わない。

硬い表情を崩せない花梨の問いかけに、隼人は穏やかな顔で答えた。

「相応しいかどうかなんて、どうでもいい」

「で、でも……！」

隼人は花梨の懸念を笑い飛ばし続ける。

「猫を飼うのに『気に入った』以外の理由は必要ない。僕は花梨が気に入ったから甘やかして一緒にいたいと思っている」

花梨の頭を撫でていた手が、ゆっくりと頬に降りていく。指先が官能のスイッチに触れたのか、花梨の背筋をぞくりと寒気に似た感覚が駆けあがる。

「僕が飼い主になるのは、嫌かな？」

「……嫌、ではない、です」

昨日からずっと、隼人は花梨にただただ優しかった。そんな人を嫌いになんてなれるわけがない。

「ならうちにおいで。……どうせ、君の家には戻れない」

頼るところが他にあるのか、と隼人は視線だけで問うてくる。

行ける場所など、どこも思い浮かばない。花梨は何もかもを失ってしまったのだから。

「……どうしてこんなに優しくしてくれるんですか？」

「傷ついている猫を放ってはおけないよ。外に出て行く元気が出るまで、僕の元で休んでいけばいい。気に入ったならずっといてもいい」

「本当の、猫じゃないのに？」

花梨の問いかけに隼人は当然のように頷きを返した。

「僕は君を傷つけないし、ずっと側にいるよ。……ぼくの猫におなり」

柔らかなささやきに、頭が痺れるような不思議な感覚がした。身体から少しずつ力が抜けていく。

本物の猫なら、ただ撫でるだけでも楽しいしとても癒されるだろう。

しかし花梨は猫のようにふわふわもふもふではないし、世間で可愛らしいとされる年齢はとうに過ぎている。格別小さくもない。可愛がられる要素が見当たらなすぎる。

ダメな理由なら、いくらでも思い浮かぶ。けれどその一方で、何も考えず頷いてしまいたい欲求もまた、あった。

猫として、ただ愛されるだけの存在として、この美しくて立派な男の元で暮らす。

それは花梨にとって、ひどく甘い幻想に近かった。

とても現実だとは思えなかった。

だからずっとあり得ないと目を逸らし続けていたのだ。

立ち止まったままの花梨の側で、また花が咲く。いくつもいくつも。

（温もりが得られるなら）

頬を撫でる手の感触と熱に、花梨はそう思った。

騙されても、酷くされても別にいいじゃないか、と。

今花梨に必要なものを差し出してくれたのは、隼人だけなのだ。

少しだけ、甘えさせてもらおう。少しだけ、優しさを分けてもらおう。

またひとりで歩いていけるだけの力が戻るまで。


「お邪魔、します」

「違うだろう」

「えっ？」

「今日からここが君のお家なのだから。『ただいま』だよ」

「……ただいま、です」

「はい、おかえり」

まさに借りてきた猫のように身を縮こまらせた花梨の肩を隼人は優しく抱く。

再びやってきた隼人の家は、ひと晩過ごして食事までごちそうになった場所だ。花梨にとってもう見知らぬ場所ではない。

しかし行きずりのお金持ちではなく、二階堂隼人の家だとわかった今は、別の意味で緊張する場所に変わってしまった。

「そうびくびくしなくていい。猫に壁を引っ掻かれたからといって、目くじら立てるようでは飼い主失格だからな」

大丈夫だよと言い聞かせるように、隼人は花梨の頭を撫でる。

「……はい」

あからさまな猫扱いは止めてくれと言ってもきっと聞き流されてしまうのだろう。短い付き合いだが隼人の行動が薄々わかってきた花梨は諦めのため息をつく。

(隼人さんって、人の話聞かない感じ……?)

聞かないというよりは、都合の悪いことは聞くつもりがない、という方が正しいだろう。自分の意見を通せる立場の人間だから当然かもしれない。

「……すみません。これから、お世話になります」

「ああ。うんとお世話するよ」

満面の笑みを浮かべた隼人は花梨を抱えたまま部屋を進んでいく。リビングを抜け寝室の方へ行くのかと思いきや、手をかけたのは寝室とは違う部屋の扉だった。

「花梨はこの部屋を使うといい」

「えっ!?」

十畳ほどの広さの部屋を目にして、花梨は思わず驚きの声をあげた。

部屋にはベッドとチェスト、そしてひとり掛けのソファと小さなテーブルが置かれている。これまで目にした他の部屋――リビングや寝室とは違い、シンプルでどこかホテルの一室を思わせる配置と雰囲気から、どうやら来客用の部屋らしい。

しかし花梨が驚いたのは、個人の家に来客専用の部屋があったことではない。ベッドの横、開け放たれたクローゼットが目に入ったからだ。

客用であるならば空であるはずのそこに並んでいるワンピース、ブラウス、スカート……それらに見覚えがあったのだ。

(これ、デパートで私が試着した服だ)

「どうして……」

購入したのは今身に着けているものだけのはずなのに。

「それだけでは足りないだろうから、僕の方で追加しておいたよ」

呆然とクローゼットを見つめている花梨に、隼人が事も無げに告げる。

どれもこれも購入した服と同等、もしくはそれ以上の品ばかりである。さらにクローゼットの中には、選んだ覚えのないバッグやアクセサリーに靴まで揃っていた。

「こんなにしていただいても私、何も返せません」

「いらないよ。そもそも飼い主は猫に何かを求めたりはしない」

「それは、そうかもしれないですけど」

「気になるなら花梨の仕事をきめようか」

「私にできることなら何でも言ってください！」

「僕に可愛がられることだよ」

隼人はにこりと笑うと、花梨の頬に口づけた。

まるで愛しくてたまらないという風に。

「……おいで」

言われるなり、肩を抱くように引き寄せられ、また抱きしめられた。花梨が素直に隼人へ身体を預けると、優しく頭を撫でられる。

「あの……ひとつだけ、お願いがあるんです」

猫になると決めて、たったひとつだけ残った懸念。

私のことを必要だと、思ってくれるなら。

大切に扱ってくれるのなら。

たとえひと時の嘘でも、幸せなのだろう。

ただ幸せという光は、絶望という影の色を濃くしてしまう。

「……飽きたら、ちゃんと言ってくださいね」

そう口にして、花梨は気づく。

(私、傷ついてたんだ)

浩志を失ったのは、自分のせいだ。恋を失ったのは仕方のないことだと思っている。しかし自らを責めつつも惰性で続いていたあのおざなりな関係に、裏切りに、花梨は傷ついていたのだ。

花梨の願いに隼人は呆れたようにため息を吐き、苦笑いを浮かべた。

「生き物を飼う時は、最期まで面倒を見る。……できないのであれば、飼い主の資格はない」

きっぱりと言い切った姿勢は、誠実そのものだった。

(この人は本当に私の飼い主になってくれるんだ)

大事に守って、愛してくれるんだ。そう思うと、ペットという立場にすんなりと納得している自分がいた。

まじまじと顔を見返して、ふと目が合う。

(あれ……？)

どうしたことか隼人の瞳には、どこか翳りが感じられた。

成人女性をペットとして飼うという、まさに隼人の思い通りに事が進んでいるはずなのに、なぜそんな表情をするのか。

思わず謎を探るように見つめていた花梨に、隼人の顔が近づいてくる。それが何を意味しているのかを悟り、花梨は目を閉じた。

「ん……」

夜の口づけと昼の口づけ、何が違うのかはわからない。

ただ、今隼人が花梨を求めているのはおそらく確認——悪い言い方をすれば「躾」のためなのだろう。

互いの立場を明確にするための儀式のようなもの。

わかっていても、拒もうとは思わなかった。もう花梨を求めてくれるような人は、目の前の相手以外にはいない。

思い知ると、ひたひたと何かが足元から這い上がってくるのを感じる。

それはつい昨日味わったばかりの、絶望によく似ていた。けれど花梨は不思議なことに悲しみも怒りも覚えなかった。きっと、これから長い付き合いになる。

「僕の花梨。うんと可愛がってあげる」

口づけを解いた隼人が、うっとりしそうな甘い声で囁く。

「……マグロでも？」

実際昨夜も花梨は彼に何も出来なかった。ただ寝転がって快感を享受していただけ。

「自分を卑下するのは止めなさい。いくら本人でも僕の可愛い子を貶めるのは許さないよ」

ところが花梨の皮肉に隼人は笑顔から一転、険しい声と表情で応じた。

「ごめん、なさい」

鋭い視線にすぐさま白旗を上げた花梨に、隼人の表情にまた笑みが戻る。

「わかったならいい。さあ……どうして欲しい？」

「やさしく……して」

もう痛いのも苦しいのも激しいのも十分味わった。だからただただ優しく甘やかして欲しかった。……そのために、猫になったのだから。

「よしよし、うんと優しくしてあげようね」

言うなり隼人は花梨を抱き上げ、寝室へと向かった。


引かれたままの寝室のカーテンは昼の明るすぎる光や喧騒を遮ってくれている。けれどそれは昨夜の濃密すぎる情交の痕跡と再び向き合うということでもあった。

乱れを残すベッドに横たえられ、先程着替えたばかりのワンピースを脱がされる。不思議なことにもうあまり羞恥は感じなかった。

「花梨。可愛いね」

覆いかぶさってきた隼人が楽しげに微笑みながら再び花梨の唇を塞いだ。

「あっ、やっ……」

優しくすると言ったくせに、隼人のそれは花梨が思い描いていた行為とは少し違っていた。一糸纏わぬ姿にされ、全身に口づけられ……さらに胸の色づいた尖りをじっくりと刺激される。

行為をただ列挙すれば立派な前戯のはずなのに、隼人はそれ以上の行為をしようとしなかったからだ。

「んんっ……あっ……」

胸の尖りを舌で弾かれ、びくりと身体が揺れる。

(気持ちいい。だけど――あと少し、強くしてくれても、いいのに)

そんなことを考えてしまうほど……行為が、刺激が、物足りなかった。

昨夜隼人に改めて拓かれ絶頂を覚えたばかりの身体は、ただ熱が貯まり続けるだけの行為にすでに焦れ始めている。

(もしかして、わざと触ってくれないの？)

そんなことが頭を過って、自分でも信じられない言葉が花梨の口から零れた。

「ね……もっと」

「ん？　もっと何？　ちゃんと言って」

端整な顔を笑みで蕩かせながら隼人が尋ねてくる。そのとぼけた様子にどうやら決定的なおねだりをさせたいのだと花梨はようやく気づく。

「意地悪……優しくしてくれるんじゃ、ないん、ですか？」

裸を見られることや触れられることへの恥じらいと、快感を自分からねだることへのためらいは全く別物だ。潔癖というほどではないが、日常会話では使わない淫猥な言葉を口にするのは抵抗がある。

「優しくしているだろう。これ以上ないくらいに」

心外だとばかりに、隼人が笑う。

確かに彼の指も唇も、花梨に触れるものは限りなく優しい。

しかしその優しさが、今は責め苦のように花梨を苛む。

自分でねだった通りになっているはずなのに、花梨は眼前で笑う隼人の顔を恨みがましくにらみつけるしかない。

「して欲しい事があるなら、言ってごらん。口にしなければ、わからない」

互いに裸で触れ合っていて、することなどひとつしかあり得ない。

(昨夜みたいに、快感で振り回してくれればいいだけなのに)

優しくしてなんて、望んだのが悪かったのだろうか。

「甘やかしてくれるんじゃ、ないの？」

「きちんと望みを口にするんだ。考えているだけでは、何も伝わらない」

「そんなの、言えない」

「どうして？」

「恥ずかしい……」

焦れて苛ついた気持ちを隠すように呟くと、隼人の笑みが深くなる。

「可愛いね、花梨」

「ほんと、に？」

こうして肌を合わせているときに、そんなことを言われたことなんて隼人以外にない。

「可愛いよ」

まるで言い聞かせるように、隼人が繰り返す。

それは本心からというよりは、花梨をこの行為に没頭させるための暗示なのかもしれない。

頭の冷静な部分がそう指摘する。

しかし花梨の心は、素直に褒められたことを喜んでいた。

「おねだりする花梨は、きっともっと可愛いよ」

「で、でも……、今まで、そんなの、言ったこと、ない」

浩志は、これまでの恋人たちは花梨に意見など求めなかった。

恋人として穏やかにつながりたいと言葉を尽くしても、優先されるのは彼らの欲望だけ。思い出されるのはのしかかってくる身体の重さや荒い息、そして痛みだ。

（私が求めれば望みは叶うの？）

「大丈夫。簡単なことだ。ただ言葉にすればいい。可愛い花梨の願いなら、何でも叶えてあげる」

耳元で囁かれた言葉は、まるで悪魔の誘惑のようだった。

けれど花梨にはもうそれに抗う術も気力もなかった。

「もっと、して」

そう口にした途端、身体の中、奥深くで何かが崩れ落ちるような、そんな感覚があった。

「どう、されたい？」

隼人の指が花梨の胸の頂をつまんだ。一瞬だけ力が込められた指先は、電気信号のように鮮やかに快感を発生させる。

「はうっ……胸、つよ、く」

「ああ、強くされるのが好きなのか。優しくされる方が好きなのかと思っていたよ」

「ああっ！」

どこかとぼけた風に呟きながら、隼人が花梨の胸を刺激する。ぎゅうっと胸の形が変わるほど握り込まれ、喉が反って大きな声が出た。

「胸だけでいいのかな?」

花梨が物欲しげに足をすり合わせていたことになど、隼人はとっくに気づいていたのだろう。

しかし触れてほしい場所の名称は、これまで生きてきて一度も口に出したことなどない。それでも、意を決し口を開いた。

「あっ、わたし、のっ」

言いさして身体を震わせてしまったのは、隼人が花梨の下肢にようやく触れてくれたからだ。

「あんまり可愛いから、今日はこのくらいにしておいてあげようね」

満面の笑みでそう告げると、隼人は花梨の脚を掴み大きく開かせ、身体をずらしその付け根に顔を近づけた。

「あっ、だめっ」

確かに自分が望んだはずなのに、それをいざそれが行われるとなると花梨は思わず制止の声を上げてしまう。しかし隼人が止めるわけがない。

「やぁぁ」

すでに蜜を滴らせ蕩けた最奥をじゅるりと啜られて、花梨は羞恥と快感に塗れた声を上げた。さっきまでは物足りないと感じていたはずなのに、焦らしに焦らされた後与えられた刺激が、あまりにも強烈すぎて目の前に光が瞬く。

ある意味流されてなし崩し的に始まった昨日に比べて、酔っていないせいか快感と刺激は鮮明すぎた。

花梨はただただ溺れることしかできない。

「んあっ、だめぇ、もっと……」

「もっと?」

「あぁぁあっ！」

もっとゆっくり、と続けたかったのに、言葉の途中に問われて全く逆の意味で伝わってしまう。

「やぁ……ちがっ……だめっ、ねっ、だめぇぇえっ！」

ねっとりと舌で最も敏感な核をなぶられながら、強く吸われるともう拒絶とも懇願ともとれる嬌声が溢れてしまう。

そのあまりに強すぎる快感から無意識のうちに逃げようと身体を捩っても、腿をしっかりと摑まれている状態ではどうにもならない。

隼人の舌が動き回るたびに、ぴちゃぴちゃと可愛らしい、けれど卑猥な水音と共に快感が花梨の中に流れ込んでくる。

「ああっ、もうっ、だめだったらぁ……っ！」

最後の手段とばかりに花梨の最奥を味わい続ける隼人の頭に手を伸ばす。その整えられた髪を乱しても隼人が愛撫を止めない。

「ひうっ、あっ、あぁぁっ！」

すぼめて尖らせた舌に入り口をつつくように刺激され、腰が揺らめいてしまう。けれどそれは決定的な刺激にはならず、花梨の中にどんどん熱だけが積み重なっていく。

気持ちいい。

だけど、足りない。

快感に霞み始めた頭でそんなことを考えた次の瞬間——。

ぐぷりと粘ついた音をさせながら、花梨の中に何かが入り込んでくる。

「あぁぁあっ！」

同時に核を強く吸われて、花梨はようやく望んだ絶頂に辿り着く。

「やっ、だめっ、今いってる、いってるからぁっ」

けれど花梨を苛む隼人の動きは止まらない。

熱い舌と硬く長い指に追い立てられるように、花梨は続けざま間に快感の頂点へと押し上げられてしまう。

「あぁ……」

あまりの快感の連続に背をしならせ震える声を漏らすだけになってようやく、隼人は花梨から指と唇を離してくれた。

「満足できたかい？」

濡れた口元を指の背で拭いながら、隼人が問いかけてくる。まるで満腹になったかと問いかけるような、優しい眼差しと口調で。

「……っと」

だからだろうか。……考える間もなく、花梨は口を開いていた。

「もっと……ちょうだい」

快感だけなら、十分だったのかもしれない。

けれど身体はまだじくじくとした疼きを残したまま。

「隼人、さ……、欲しい」

指ではなく、舌ではなく、隼人の熱で、この空虚を埋めて欲しい。

花梨は求めるように、よろよろと手を伸ばす。その手をとって口づけると、隼人は「よく出来ました」と笑みを深めた。

「んっ、んんっ、んあ……っ！」

覆いかぶさってきた隼人に唇を塞がれる。舌を絡めたまま吸われ、花梨は息を継ぐこともままならず喘ぐしかない。

さらに胸を揉みしだかれ、先程まで散々快感を注がれ続けた最奥を指で拡げられると、一度達した身体は再び快感の頂へ向かって走り始める。

花梨はただ隼人という嵐に巻き込まれ翻弄されるだけだ。

「う、ふぅっ……んんっ！」

中を探る指が増えるたびに、ぐちゃぐちゃと淫猥な水音が響く。

ああ、もう。

思考が融け蒸発していくと共に、快感だけが鮮明になっていく。

目の前にまた光が瞬いた。

（いやだ）

また指で達するのではなく、隼人が欲しい。

「も……欲し……！」

激しい口づけの合間に、懇願する。

本能が求めるがまま、隼人の背に腕を回して引き寄せた。

（欲しい、欲しい、欲しい！）

そしてすでに大きく開かれた脚の間にいる隼人に示すように、腰を揺らす。

淫らな言葉なんてとても口にできないと思っていたのに、身体はずっと正直であからさまだった。

「……いい子だ」

口づけを解いた隼人が、花梨の中から指を引き抜く。

そして熱く硬いものがあてがわれたかと思うや否や、入り口をこじ開けるように巨大な質感を伴い入り込んできた。

「あぁぁぁぁ……」

熱くて、大きいものが隙間なく花梨を満たしていく。

滾り切った杭のでこぼことした隆起や、まるで心臓と直接繋がっているのかと錯覚しそうになる強い脈動が感じ取れる。

その感覚だけで花梨はまた絶頂へと登り詰めてしまう。

「あ……すご……っんんっ！」

感嘆と快感に濡れた言葉が途切れたのは、隼人が花梨のさらに奥に入り込もうと動き始めたからだ。

「やっ、ちょっ、待ってぇ」

達したばかりの身体に追い打ちをかけられては、たまらない。思わず制止をねだると隼人は面白そうに頬をゆるめてみせる。

「なぜ？　とっても気持ちよさそうに僕に絡みついて離れないのに」

「ちがっ、あっ、あぁぁぁっ！」

どん、と押し込むように最奥を突かれ、その衝撃で視界に光が瞬いた。

「やっ、あっ、やあぁぁんっ」

強く深く揺すぶられ、肌と肌がぶつかるのと同じ拍子で声が出てしまう。

少し止まって欲しいと思ったはずなのに、身体はもっと欲しいとばかりに隼人に足を絡めていた。

「あんっ、やっ……いい、きもち、いい……っ！」

もはや思考は次々に押し寄せてくる快感の大波に溺れ翻弄されて、まともに考えられなくなっている。

繋がっている部分から全身に痺れが広がり、身体を自由に動かすことすらままならない。

ただ、激しい嵐に耐えるように、花梨は隼人に縋りつく。

壊れてしまうのではないかと思うほど強く奥を突かれているのに、気持ち良すぎて喘ぐ以外何もできない。

両脚を胸に付くほど折り曲げられ抉るように揺さぶられて、まるで頭の中までかき混ぜられているかのように何も考えられなくなってしまう。

(気持ちいい、きもち、いい……！)

「あぁっ、また、またいっちゃうぅ……いっちゃうよぉ……っ！」

昨夜覚えたばかりの絶頂に辿り着くのがなぜか恐ろしくて、花梨はいやいやと子供のように頭を振る。

「ああ、いっぱい気持ちよくしてあげるから、思う存分いきなさい」

そんな花梨を追い詰める隼人の動きが一層激しさを増す。しっかりと隼人を咥え込んだ内側が慄き、離さぬとばかり締め付けるのがわかった。

「うんっ、ああっ、やあぁぁ！」

ほどなくして花梨はまた快感の頂点へと到達した。

「花梨は、本当に可愛いね」

「ん……」

そう微笑んだ隼人に、まるで快感の余韻を分け合うように口づけられる。

荒い息を呑み込むように応えていると、散々高みに昇らされた身体がまた反応しそうになって、自分が変わってしまったことを実感する。

「わ、たし……変じゃ、ない、ですか？」

口づけの合間を縫うように問いかける。すると隼人は驚いたように瞠目したあと、ふわりと微笑んだ。

「何が変なものか。とても素敵だった」

隼人は上機嫌で花梨の頬にちゅっと音を立てて口づけ、続ける。

「僕はこんな可愛い猫に出会えて本当に幸せだよ」

その声色にも言葉にも偽りはどこにも感じられない。

「……にゃあ」

花梨はまるで猫のようにひと鳴きして、隼人のたくましい身体にすり寄った。

「……いい子だね、花梨」

隼人は笑みを浮かべたまま、彼の猫を捕らえるように抱きしめた。

第三章　新たな暮らし

　優しく身体を揺すられると、眠りの気配が少しずつ遠ざかっていく。何度も名を呼ばれ、花梨はゆるゆると重い瞼を開いた。

「花梨、朝だよ」

「あと少し……」

　けれど花梨が枕を抱えるように体勢を変えたところで、苦笑の気配がした。

「起こせと言ったのは誰かな?」

「でもまだ眠い……あっ!」

　花梨が慌てて跳ね起きると、隼人は朝の挨拶と共に額に口づけをくれる。

「おはよう」

「おはよ、ございます……」

花梨もまた挨拶を口にしつつ目をこする。頭は覚めていても、急に明るくなった室内に目がついていかない。

「今日こそ隼人さんより早く起きようと思ったのに……」

思わず唇を尖らせた花梨に隼人は「無理はしなくていい」と笑う。

隼人と暮らし始めてから、花梨は毎日こうして彼に起こされている。これまで何度か隼人よりも早起きして頑張ってみたものの、成功したことがない。

一応、特別花梨が寝汚《いぎたな》いというわけではない。単純に隼人が早起きなのだ。

こうして花梨を起こしに来る頃には、日課のランニングを済ませ、なんなら世界の経済動向までチェックしている。花梨からすればスーパーマンである。

しかし国内有数のホテルグループのトップともなれば、そのくらいでなければ務まらないのかもしれない。

「まだ寝ていても構わないよ」

「起きます。一緒にご飯食べたいし」

隼人の言葉に甘えていると、いつまでも寝てしまう。

花梨は強い気持ちで布団を跳ねのけた。

「そうか。なら顔を洗っておいで」

笑いながらそう言うと隼人は一足先に寝室から出て行った。

「……はぁ」

閉じた扉を見ながらキスをされた額を押さえると、思わず熱のこもったため息が出てしまう。辛うじて頬を赤くすることは無くなったが、毎日同じように起こされているのに、未だに彼の魅力に慣れない。

この家で暮らし始めて、同じベッドで眠るようになってから、隼人に抱かれるのが花梨にとって当たり前になった。

隼人との触れ合いに我慢はない。彼はただただ優しく花梨を昂らせ、快感の彼方へといざなってくれる。半ばそれに溺れている自覚はあった。

――ほら、花梨。して欲しいことがあったらちゃんと言葉にしなさい、ね？

――は……はやとさ……もっと、強く……してぇ……。

「……っ!?」

昨夜の痴態が脳裏に蘇り、身体がかっと熱くなる。

「隼人さんって、結構、情熱的だよね……」

比較対象があまりよろしくない例しかないが、隼人はいつも熱烈に花梨を求めてくれる。それは失《な》くしてばかりの花梨をずいぶん慰めてくれた。

「……ちょっと趣味はわかんないけど」

毎晩着ているこのぶかぶかの寝間着は本来隼人のものだ。彼シャツ、ではないけれど、隼人は自分の寝間着を猫に着せるのがお好みだった。

（最初は大変だったなぁ）

言われた通り顔を洗うためにバスルームへと向かいながら、花梨は同居を始めた当初を思い出し苦笑する。

隼人は花梨の世話を焼くのがとてもとても楽しいらしい。

なにしろ最初はベッドから抱き上げられてバスルームに連れていかれ、顔を洗うところまで世話されそうになったのだ。

けれどさすがにそこまでとなるともはや介護の域である。なんとか説得し、遠慮させてもらった。

それに肌のお手入れは美容に関わる仕事をしている花梨の楽しみでもある。

いかに世話好きの隼人でもこちらはプロだと言ったら渋々ではあったが納得してくれた。

「しかし、よくこの顔可愛いと思えるよね……」

大きな鏡に映る自分の顔を見て、ひとりごちる。

いくら花梨自身でもこの寝起きでむくんだ顔はどうやっても可愛いとは思えない。たまによだれの跡があるときだってある。そろそろお肌の曲がり角に差し掛かり始めたアラサーとなると、いつもいつも絶好調という風にはならないのだ。

いや、あばたもえくぼと言う。ペットはむしろ可愛くない方がいいのかもしれない。ぶさかわなんて言葉もあるくらいなのだから。

「せめてお手入れはしっかりやらなきゃ」

顔かたちはどうにもならなくても、肌や体型は行動で変わる。迅速かつ丁寧にケアと軽いメイクを済ませてダイニングへ向かう。

するとふわりと鼻先まで食欲をそそる匂いが漂ってきた。

「ちょうどよかった。今用意できたところだ」

「ありがとうございます！」

まだ寝間着のままの花梨と違い、隼人は完璧に身支度を整えている。

ワイシャツとネクタイの上からエプロンを付け、鼻歌交じりに盛り付ける様子は手慣れていて、花梨が手出しする隙はどこにもない。いや、手を出してはいけなかった。

花梨もひとり暮らしは長いので料理を始め家事は当たり前に出来る。

当初、居候させてもらっているかわりに家事をすると申し出た。

しかし料理の腕前は隼人の方が圧倒的に上だったし、そもそもそれ以外の家事である掃除や洗濯などは全て外注されているので花梨の出る幕は無かった。

むしろやらない方がこの家は上手く回る。

食事の催促をするのは構わないし、あれが食べたい、これが食べたいと我儘をいうのは大歓迎。だけど、食事の支度はしないでほしい。

隼人曰く「猫の食べるものを管理するのは飼い主の義務であり特権」なのだという。

ひとり暮らしが長い花梨にとって、人が作ってくれたご飯はなんでもありがたいが、少し申し訳ない気持ちになる。

「今日はパンケーキにしたよ」

「あれ？　前のとは違うんですね」

ふわふわのパンケーキの隣に盛り付けられていたのは、サラダとハムエッグ。

数日前に供されたのはフルーツと生クリームがたっぷりだった。見た目も味もまるで売り物のように美味しかった。

「ちょっと変えてみたよ。さあ、食べよう」

隼人が椅子を引いたので、花梨もそのまま腰かける。椅子に座るくらいもちろんひとりで出来るのに、まるでお店のスタッフのように隼人は振舞う。

最初の頃はどうしてそんな動きが身についているのか疑問だったが、マジェスティホテルの跡取りとして若い頃ホテルのスタッフとして働いたことがあると聞いて納得した。

「美味しい！」

目玉焼きにはオランデーズソースがかけられていて、これがふんわりと甘いパンケーキにもよく合っている。やや厚めにカットされたハムも食べ応えがあっていい。エッグベネディクトはポーチドエッグだが、目玉焼きもまた美味しい。

「口に合ってよかった。甘いのはあまり好きではないようだったからね」

「……っ⁉」

さらりと言われて、頬張ったばかりのパンケーキを喉に詰まらせそうになり、花梨は慌ててコーヒーで流し込む。

「えっ、そんなことないですよ⁉」

隼人が作ってくれた料理に花梨がケチをつけたことなど一度もない。作ってもらった上に文句をつけるなんて失礼にもほどがある。

そもそも文句の付け所のないほどどれも美味しい。

「だが、朝は甘くない方が好きなんだろう?」

「それは……はい」

ただフルーツたっぷりのパンケーキは、食事というよりもデザートみたいに感じてしまっただけだ。

花梨は朝しっかり食べたいし、なによりカロリーが心配なので、朝食はできれば甘いものよりはタンパク質の方がありがたい。

「すまし顔が得意な子の考えていることくらい、飼い主が察してあげないとね」

茶目っ気たっぷりに隼人は片目をつぶってみせる。

隼人と話していると、こういうことがよくあった。細かな表情や言葉のチョイスから本音を探り当てられてしまう。

人の上で仕事をしている人間だからこそ察することができるのか、それとも花梨が顔に出しすぎなのかはわからない。

「……あの、あまり見つめないでくれませんか?」

いくら飼い主として察するのに必要だとはいえ、さすがにまじまじと見つめられながらは食べづらい。

「花梨はして欲しいことを言葉にしてくれないからね」

「私隼人さんにしてもらえることなら、なんでも嬉しいですよ」

「そういうことではないんだよ。まあ、花梨があんまり可愛いから、つい目がいくのもあるがね」

隼人の言い分に思わず花梨は首をひねる。

(顔なんて昨日と大して変わらないのになぁ……)

「今、昨日と変わっていないのに、とか思っただろう?」

「えっ!? なんでわかるんですかっ?」

「そんなのは見ていればわかるさ」

たった三か月一緒に暮らしただけなのに、まるで長く時間を共にした間柄のように隼人は笑う。それがこの頃花梨の胸を騒がせる。

食事を終えると、花梨は着替えるために自室として宛がわれている客間へと向かう。当然のように隼人も一緒だ。

この家で暮らし始めてからこの客間で過ごす時間は驚くほど少ない。

なにしろ「猫と一緒に寝るのが夢だったんだ」と言う隼人にねだられて、眠るのはいつも彼のベッドだからだ。

大きなベッドなので窮屈な思いはないし、花梨も誰かの体温を感じながら寝るのは心地いいので、不満はない。

……多少、運動に付き合わなければならないけれど。

「さてどんな服がいい？　昨日より少し涼しいようだよ」

質問しておきながら花梨の答えを待たず隼人はクローゼットを開く。

そしてああでもない、こうでもないと花梨の服を物色し始める。

これも飼い主の「義務と特権」のひとつらしい。

「あ……」

大量の服の中、見覚えのない服が数着ハンガーに吊るされているのを発見し、花梨は思わず出そうになった驚きの声を飲み込む。

同居を始める時にひと揃いプレゼントしてくれたのに、気が向くと隼人はあれこれ花梨に服を買い与えてくる。

いつも花梨の知らない間にクローゼットに仕舞われているので、断ることもできない。

一度「これ以上は不要」だと伝えたことがあるのだけれど「季節が変われば必要なものはまた増えるのだろう」と全く取り合ってくれなかったので、以来進言しても無駄だと諦めている。

そのくせ、気づかなかったりもったいないからといつまでも着ないでいたりすると、隼人はわかりやすく肩を落としてみせる。

(そんなところはすごく可愛いんだよね)

二階堂隼人という男は、ただ立派で格好がいいだけではない。時に拗ね、時に笑い、そして限りなく優しい。知れば知るほど魅力のある男性だと花梨は毎日再確認していた。

「あのスカート、いいですね」

「ああ、これか」

早速今発見したスウェット素材のナロースカートを指名すると、案の定隼人の表情があからさまに輝いた。

ここのところ、隼人は花梨にカジュアルな格好をさせるのがお好みである。もっとも、お値段は全くカジュアルではない。

「これに合わせるならこちらのシャツいや……こっちかな」

クローゼットの中からあれこれ取り出し、花梨に合わせる。その様子はとても楽しそうだ。

服を決めると隼人は上機嫌で花梨を着替えさせる。その手つきにいやらしさは全く感じられない。大きな人形の着せ替えを楽しんでいるという風だ。

「うん、よく似合う」

服を着せると、隼人はいつも得意げにそう言って花梨を抱きしめる。

「僕の花梨は最高に可愛い」

起床から朝食、そして着替えまで、これら全てが毎朝のルーティンである。

何も最初から決まっていたわけではない。隼人がやりたがることと花梨がどうしても譲れないところをすり合わせ、近頃なんとか落ち着いてきた、というところだ。

「今日は遅番だったか？」

「そうです。だからちょっと帰り遅くなります」

本社から店舗勤務になり、花梨の帰宅時間は大幅に遅くなった。花梨が頑張って早起きするのは、朝を逃すと隼人と一緒に過ごす時間があまりにも少ないからだ。それを理解しているからこそ、隼人も花梨を起こしてくれるのである。

「何かあったらすぐ連絡するんだぞ」

そう言うと隼人は花梨の後頭部に手を添え自分へと引き寄せた。

「ん……」

当たり前のように重なった唇に花梨が動じることはもうない。

「では、いってくる」

「いってらっしゃい」

花梨に口づけると、隼人は仕事へと向かう。その背中を見送ると熱いため息が出る。

「このままで、いいのかなぁ……」

甘やかされることは、単純に嬉しい。可愛がられるのは、心地いい。

けれど花梨は近頃この生活が酷く後ろめたいもののように感じていた。

大事にされるたび、労わられるたび……とても悪いことをしているような気持ちになる。

(隼人さんの好意にただ甘えさせてもらっているだけ、だものね)

それは今の生活の危うさを考えれば仕方がないのかもしれない。

結局、あの汚水にまみれた部屋は解約した。

排水管の修復だけでなく老朽化のため大規模改修が必要とのことで、最も被害が大きかった階の入居者は皆転居せざるを得なかったのである。

家財道具も全て処分した。汚水の臭いが染みついた上に、濡れて使い物にならなくなったものも多かったからだ。

思い切りよく全処分できたのは入居時に強制加入だった保険のおかげである。幸いなことに漏水も補償対象だった。

とはいえ、補償されずともおそらく家財の多くは処分していただろうと思う。

あの部屋と置かれていた家具には元恋人の浩志の面影が至る所に臭いと同じように染みついていた。

思い出は簡単に消えない。

あのままの部屋で暮らしていたらきっと、何もかも忘れられずにいたかもしれない。

強引に猫としてこの家に連れてこられたからこそ、今未練を覚えずにいられる。

なにもかも、隼人のおかげだ。

だからこそ、不安は募る。

(本当に、このままでいいのかな……)

それでも、一度知ってしまったこの甘い生活を自分から手放す勇気など、弱い花梨にはなかった。


営業企画部を追い出された花梨の異動先は、オフィス街にある店だった。近隣で働く女性が主な顧客であるため、必然的にピークタイムは夕方以降になる。

オープンの時刻は十一時。スタッフは開店準備などもあるので十時過ぎに出勤する。けれど花梨は出来るだけ通常よりも前に出勤するようにしていた。

「おはようございます」

「おはよう。……今日も早いのね」

店長が疲れた表情で一応挨拶を返してくれる。花梨が一番乗りになったことはなく、いつも店長が早く出勤していた。

「ええ、少しバックルームを片付けようと思いまして」

「そう」

店長は短く呟くと、すぐに花梨から興味を無くしたようにパソコンに向き直る。

一時間近く早く出勤している花梨より店長の方が早いのは、本社への報告や発注など頭を使う管理職業務をこなすためだ。

ビルの警備の都合上、残業には制限があるので残った仕事を片付けたければ翌日早くに出勤するしかない。

(大変そうだな)

店舗での勤務が長かった花梨は、店長の業務もこなせる。

「あの、私でよければ何かお手伝いしましょうか?」

「結構よ」

明らかにキャパオーバーしている店長を見ていられなくなった花梨の申し出を店長はすぐさまきっぱりと断る。

「す、すみません……」

（余計なお世話よね）

自分なら助けられる、という思い上がりを花梨は恥じる。

余所から来たはみ出し者が賢《さか》しらにあれこれ口を出してくるほど面倒で厄介なことはないだろう。

ふと花梨の脳裏に高橋の姿が頭を過る。

（彼にとって、私は仕事を奪った憎い相手だったんだろうな）

落ち着いて振り返ると、見えてくることは多い。

営業企画部にいたときの花梨は己のことで精一杯で、他人の感情を慮ることができなかった。それが全ての原因なのだろう。

店舗に戻りいちスタッフとして働くようになった花梨だったが、店長を始め、他のスタッフと全く打ち解けられていない。

二年ぶりに戻ってきたとはいえ、配属先に見知った顔は見当たらなかった。

例外は店長くらいだが、その店長すら以前何度かヘルプに行った先の店舗で顔を合わせていたというだけ。知り合いというにも微妙な相手である。

嫌がらせや無視をされているわけではない。ただ、業務上必要なこと以上の会話や交流が全く無かった。

とはいえ、花梨が現場に戻った経緯を考えれば、触らぬ神に祟りなしという対応をされるのはある意味仕方がないことではあった。

賑やかで気のいい人が多かった以前の店舗と比べると、今の店舗はどこか息が詰まるような、どんよりと淀んだ閉塞感に満ちていた。

花梨がかつて在籍していた頃と比べて、現場の空気が明らかに悪くなっている。二年の歳月はそこに働く人だけでなく店の雰囲気まで全く別のものに変えてしまっていた。

理由は単純、人手不足だ。

元々エステという業種自体、入れ替わりが激しく、万年人手不足の業界である。その分毎年一定数新卒採用があるのだ。

しかし今この店舗に全く未経験スタッフはいない。辞めたのか、それとも配属がなかったのか、花梨にはわからない。

しかしこの人手不足のおかげで花梨のような訳ありでもとりあえず受け入れてもらえているのだから、皮肉なものである。

人手の足りなさが最も現れるのがお客様から見えない場所……バックルームだ。

施術に必要な化粧品や備品が整頓もされず適当に詰め込まれている様は、なんとか表は整えても、裏側となると気持ちも手も回らないという現状が嫌と言うほど伝わってくる。

花梨は現場と本社の従業員の間にある溝や認識のずれを改善するための一助という名目で本社に異動した。

それなのに営業企画部にいた時、目の前の仕事に追われて現場のことを気に掛ける余裕なんて全くなかった。

（結局、私は何もできなかったんだなぁ）

なまじよかった頃を知っているからこそ花梨は見ていられず、異動以来、こつこつと片付けに励んでいた。

出戻りとはいえ一応、この店では花梨が一番の新人だ。雑用するのも仕事のうちである。きちんと整理整頓されたバックルームでないと、仕事に差し障るし、なにより気が滅入ってしまう。

根本的な問題を花梨が解決することは出来ない。

けれど、せっかく働くのだから少しでもいい環境で仕事をしたかった。

「……そんなに頑張っても、もう本社には戻れないわよ」

段ボールに入れられたまま床に放置されていた化粧品のボトルを棚へ消費期限順に並べていると、店長がこちらを見ることなくぼそりと独り言のように呟いた。

「えっ……!?」

全く考えもしていなかったことを指摘され、花梨は驚く。

（でも確かにそうとられても仕方がない、か）

他のスタッフより早く出勤して、自主練やバックルームの片付けをして……となると、下手したら入社したてでやる気溢れる新入社員よりも頑張っている。

花梨からすれば、会社を辞めた後に備えているに過ぎない。

だがそんなことは知らない店長や他のスタッフからすればそう取られても仕方がない状況だった。

「そんなつもり、ないです」

バックルームの整頓は誰かに頼まれたわけでもないし、感謝されたくてしているわけではない。居心地や使い勝手を良くしたいと思うのも、全部自分のためだ。

自分が知っていた頃よりもずっと疲弊している現場が乱れたバックルームという形で現れているのが、目の前の仕事に手いっぱいだった営業企画部時代を思い出して苦い気持ちにもなるから嫌なだけ。

「ならいいけど」

素っ気ないながらも、店長は少し申し訳なさそうに言う。

「あんまり期待していると、がっかりしちゃうだろうから」

（……もしかして心配してくれたのかな）

「本当に、本社に戻りたいとか全然ないですよ」

わざと花梨が明るい声で言うと、店長は疑うような視線をよこした。

「私店舗採用ですから。むしろ今までが変だったんです。もう、本社になんの未練もありません」

仕事に未練はあれど、あの立場に未練はない。

「片付け、ご迷惑なら、止めます。すみませんでした」

「別に……好きにすればいいわ」

花梨が頭を下げると、店長は肩をすくめて続ける。

「でも他の人にはそれ、強要しないでね」

「もちろんです」

とりあえず店長は好きにしていいと言ってくれた。

好意的に受け入れられていなくても、それで十分だ。

花梨は他のスタッフが出勤してくるまで、黙々とバックルームの整理を続けた。

仕事が終わったのは、二十一時を回っていた。

「うーん」

店を出るなり花梨は大きく伸びをする。

(今日も疲れたなぁ)

エステティシャンは基本立ち仕事な上に、かなりの力仕事でもある。

中腰の姿勢で行う施術は身体にはきつい。人手不足による忙しさに加え、ここ二年ほどデスクワークばかりだったせいか、すっかり体力が無くなり、終業時ともなると身体はくたくただった。

今日は二十時に店を閉めた後、新しい施術方法を確認していたので、普段より少し遅くなってしまった。すでに店長以外のスタッフは帰宅してしまっている。

（昔は居残ってよく同期と一緒に研修会を開催したりしていたっけ。あの頃は楽しかったな）

好きなことを好きなだけ学べるのが、本当に楽しくて仕方なかった。

頑張れば頑張るだけお客様は喜んでくれたし、売り上げも伸びた。

けれど今はどうだろう。自らに問いかけた花梨の口元が自嘲で歪む。

自分の成長のために真っすぐに頑張っていた記憶は、花梨の心に少し苦いものを混ぜてしまう。

やっていることは同じで、目指しているところも同じはずなのに、今頑張っているのは将来辞めるためだ。

もうこの店に、シュペットという会社に尽くそうという気持ちはない。

（隼人さんは、もう帰ってきているよね）

仕事で夜の付き合いもあるが、隼人は基本的に残業しない。仕事は業務時間中に終わらせるものだ、といわれるとごもっともと思うがなかなか真似はできない。

家に帰れば、美味しいご飯と彼の笑顔が待っているはずだ。そう思うと自然に笑みが浮かぶ。

あくせく働く者にとって、家で帰りを待っていてくれる存在はお守りのようだ。いてくれるだけで心が軽くなる。

（本当は、私がそういう存在にならなきゃいけないのに）

猫として彼を癒すどころか、なにもかも甘えっぱなしな現状が悔しい。

そう考えて、花梨は苦笑する。

隼人と出会ってからたったの三か月しか経っていないのに、もういてくれるのが当たり前になっていることに気づいたからだ。

（早く、隼人さんの力になれるようにならなくちゃ）

明日また頑張ろう、と花梨が一歩踏み出した、その時。

「花梨！」

もう聞くことはないと思っていた男の声に名を呼ばれる。

思わず声のした方に視線を向ける。するとすぐ側に見知った姿を認め、花梨の身体が硬直した。

「浩志……」

「どこ行ってたんだよ」

三か月前別れたはずの浩志が、花梨に小走りに近づいてきた。

咄嗟に身を翻そうとしたものの、衝撃で動きが遅れた分待ち構えていた浩志の方が早く、左腕を摑まれてしまう。

「おい！　なんで逃げようとするんだよ！」

「な、んでって……」

まるで花梨の方に非があるような言い草に、混乱と恐怖が湧いてくる。

「つかお前俺のことブロックしてるだろ？　酷くないか？」

浮気相手と遭遇した衝撃で記憶にないが、花梨はちゃんと別れた恋人の連絡先をブロックしていたらしい。

しかし先に酷いことをしてきたのは浩志の方で、連絡を拒んだ程度で謗られるのは筋違いである。

(なんで私がここにいるのを知っているの⁉)

浩志は花梨が本社から店舗に異動したことなど知らないはずなのに。

しかし動揺のあまり口が動かない。そうこうしているうちに、浩志は当たり前のように花梨の腕を引き近づいて来る。

「でも、どうして、ここ……」

「ああ他の店の人に聞いた。元気そうだな」

「ええっ⁉」

浩志はリース会社の営業で、シュペットの店舗にリース機材の交換に訪れたのがそもそもの出会いだ。今も他の店舗に出入りしているのだから、知り合いはたくさんいる。

それに異動の話は別に個人情報でもなんでもない。付き合っていたことすら知らない人たちからすれば、単なる世間話のひとつだ。

「なんか大変だったんだって？」

どうやら異動の理由まで筒抜けになっていたようでため息が出てしまう。

「……もう、過ぎたことだから。それより、何か用？」

「なんだよ、家に行けばなんか工事してるし、連絡つかないから聞きまわってわざわざここまで来たんだぞ」

責めるようなことを言われ、花梨は思わずたじろいでしまう。

（そういえば、いつもこうだった）

浩志は自分に都合の悪いことになると、強い口調で花梨の反論を封じてくる。

付き合っている時は惚れた欲目でそれを受け入れていた。

しかし今はもう、違う。

「色々あったの」

今の浩志に詳しい経緯を話したくなかった花梨は、ひと言で話を打ち切った。それが不満だったのだろう、浩志は強引に花梨の腕を引いて歩き出そうとする。

「とにかくちょっと話そうぜ」

「……ごめんなさい。疲れているからもう帰りたいの」

あんなに仲睦まじい相手がいるのにわざわざ改めて花梨に会いに来る意味が分からない。

なにより花梨は恋人がいる相手と誤解されるような真似はしたくなかった。

花梨が感情を込めず平坦な声で言うと、浩志はわざとらしく肩をすくめてみせる。

「そんなに拗ねるなよ。あいつはもう切ったから」

「え……っ!?」

「あいつとはただの遊びだし。つかお前家に帰ってないだろ！　心配してたんだぞ！」

「遊びって……一年も付き合っていたんでしょう?」

「だからあいつはもういいんだって。俺は、花梨と別れるつもりないから！」

「は?」

浩志の言ったことを、花梨は咄嗟に理解できなかった。

「そりゃこないだのことは、俺が悪い。でも、花梨が忙しくて寂しかっただけなんだ」

あまりの言い草に花梨は絶句してしまう。

どう考えても浩志は全然自分のことを悪いだなんて思っていない。むしろ花梨のせいにして、関係を戻そうとしている。

(寂しかったら、浮気してもいいの?)

言いたいことも問い質したいことも山ほどある。

けれど全て今更で、言葉が喉に詰まって出てきてくれない。

しかし花梨が何も言えずにいるのを許しだとでも思ったのか、浩志はへらへらと笑いながら続ける。

「だからその……ちょっと今月色々きつくてさ。前みたいに頼めないかなって」

「……え?」

「二、三万でいいんだ。な、頼むよ!」

この通り、と片手で軽く拝んでくる様子に、花梨は愕然となった。

(……また、借りられると思っているんだ)

まだ付き合っていた頃、花梨は浩志にたびたびお金を貸していた。

もちろん最初はちゃんと返してくれた。……けれどいつしか返ってこないことが当たり前になっていた。

記憶にあるだけでも、両手に余る程度は貸したままだ。でも別れたのだから勉強代だと諦めていたのに。

(私、本当に利用されていただけだったのね……)

浩志が花梨と付き合っていたのは、困ったときに利用するためだけだったのだろう。

ろくにデートもせず家でただセックスだけする付き合いでも文句を言わず、無心すればほいほいお金を貸してくれる女。

改めて考えずとも、なんと都合のいい存在なのか。

(こんな人のどこがよかったんだろう、私)

いや、一緒にいて、楽しい時間はあった。その温もりに癒されて助けられたこともたくさんあった。将来を夢見ていた。

けれど今、それらを全て汚されたように感じて、悲しみが花梨の胸に満ちていく。

「……もう、無理だよ」

「えっ?」

断られると思ってもいなかったのだろう。浩志が驚いたように目を見開く。

そんな元恋人の顔を見ながら、花梨は淡々と断る。

「私たち、もう終わってるの」

「だから、俺は別れる気ないって言ってんじゃん」

まるで駄々をこねる子供を叱りつけるように、浩志の声が強くなる。

(怒鳴られる……!?)

花梨の身体が一瞬すくむ。横暴だった実家の父や祖父を思い出させるから、男の人に大きな声を出されるのは怖い。

けれどきちんと終わりにしなければ、お互いのためにならない。

花梨は勇気を振り絞って続けた。

「付き合いって、どちらかが終わりって決めたら、終わりなんだよ」

好きという気持ちは、永久不変ではない。

ふたりで生み出し、育んでいくものだ。

もう、花梨の中に浩志を想う気持ちはない。

「なんだよ、せっかくこっちが謝ってんのに！」

花梨から拒絶されたのが癇に障ったのだろう。浩志が急に怒り出す。

「お前みたいな女は男の言うことホイホイ聞いてればいいんだよ！　そんくらいしか価値ねぇんだから！　俺を怒らせて楽しいか⁉」

（それくらい、しか）

向けられたのは完全なる逆切れだった。しかし浩志の怒鳴り声と言葉は花梨の心を容赦なく切り付けた。

（そうだ、私には、価値なんて、ない）

ざくり、と音を立てて花梨に触れた刃が心臓を裂く。

どっと血が噴き出すように、絶望が花梨の中に広がっていく。

ずっと絶望は花梨の近くにあった。

ただ、隼人のくれた優しいぬるま湯のような生活のおかげで、直面せずにいられただけ。

「お前、ふざけんなよっ！」

怒りに我を忘れた浩志は震える花梨にその腕を大きく振り上げる。

「……っ！」

花梨は咄嗟に目を閉じ襲い掛かってくるであろう暴力に身構えた。かつて、実家でしていたように。

けれど一拍の間の後も、衝撃も痛みもやってこない。

「……？」

恐る恐る目を開ければ、太くたくましい腕がまさに襲い掛かろうとしていた暴力を遮ってくれていた。

「……いかなる理由であっても、女性に手を上げるのは許せないな」

「隼人、さん……」

家にいるはずの隼人が、花梨に振り下ろされた浩志の腕を掴み止めている。

目の前の恐怖と戦っていたせいか、近づいてくる気配すら気づかなかった。

「怪我はないか？」

「……はい」

優しく問いかけられ、強張っていた身体から力が抜けていく。覚悟をしたとはいえ、暴力を向けられるのはただただ恐ろしかった。

「なんだよこの男⁉　花梨お前、浮気してたのか⁉　最低だな！」

花梨と隼人を指さした浩志が怒気を強める。

「仮にそうだとしても、女性に暴力を振るうような男に責められる謂れはないな」

「何だとっ⁉」

浩志は凄んでみせるものの、ふたりの圧倒的な体格差のおかげで形勢は完全に逆転していた。

もちろん、浩志が特別貧弱というわけではない。隼人が規格外すぎるのである。

「僕はどちらの言い分に理があるのか第三者に判定してもらっても構わないが……君は困るんじゃないかね？」

暗に通報すると示唆した上にじろりとねめつけられ、明らかに浩志がたじろぐ。

体格だけでなくその地位に相応しい威厳と迫力を備えている隼人と浩志では、争うにしても最初から結果は見えてしまっていた。

「さあ、お帰りはあちらだ」

隼人は花梨を庇う様に抱きかかえると、顎をしゃくってみせる。

「くそっ！　覚えてろっ！」

分が悪くなったのを察したのか、まるでチンピラのような捨てゼリフを残し、浩志は去っていった。

その背中はあっという間に見えなくなったが、花梨は震えながら隼人の腕に体重を預けることしかできなかった。

そんな花梨の背を隼人は労わるように優しく撫でてくれる。

「大丈夫だったか？」

「ど……して？」

なんでこんなにタイミングよく隼人が現れたのかわからない。花梨が途切れ途切れに問いかければ、隼人からは苦笑が返ってきた。

「今日は少し帰りが遅くなってね。せっかくだから花梨と一緒に帰ろうと思ったんだ」

目線で示された車道には、ハザードランプをつけて停まっている隼人の車がある。

「せっかくだから外で食事はどうかと思ってね。一応連絡したんだが、見ていなかったようだね」

「ご、ごめんなさい」

早く帰ることにばかり気をとられて、すっかり確認を怠っていた。

「さっきの男が、花梨の元恋人か」

「……はい」

花梨が肯首するなり隼人の表情が一瞬で険しくなる。

「これまでよく無事だったな。女性に手をあげるなど、男の風上にも置けない」

「あ……」

初めて見る隼人の怒りに、花梨は恐怖を覚えて身を硬くする。

「すまない、花梨を責めているわけではないんだ」

腕の中で身体を強張らせた花梨の背を隼人は優しくさする。その温もりを感じた途端、花梨の眦から涙が零れ落ちる。

「ごめんなさい、私……」

「花梨は何も悪くない」

「ごめんなさい、ごめんなさい……」

出会った夜あんなに慰められた隼人の言葉を、花梨は謝罪で否定する。

(全部、私が悪いんだ)

なぜ今こんな目にあっているのか。そもそもなぜ仕事を失い、恋人を失ったのか。

全ての原因の理由が、理解できてしまったからだ。

「……花梨は、何も悪くない。何も、悪くないよ」

そんな花梨の肩を抱いて隼人はゆっくり言い聞かせるように囁いた。何度も、何度も。

隼人に抱えられるようにして帰宅し、なんとか寝る支度を済ませる頃には、すでに時刻は零時を回っていた。

（明日休みでよかった）

店舗は年中無休で、勤務はシフト制だ。

明日休みなのはたまたまだったが、元恋人の来襲というイレギュラーな事態があった後はありがたい。

しかし花梨に付き合うことになってしまった隼人は明日も仕事のはずだ。

「ごめんなさい……先に寝ていてくれていいのに」

風呂から出てくるのを待っていてくれた隼人に、花梨は俯いて謝る。

「そんなつれないことを言わないでほしいな」

萎れた花梨に隼人は微笑みながら、ソファに座る自らの膝の間へと手招きする。

「花梨の髪を乾かすのは僕の楽しみのひとつなんだよ。さあ、おいで」

「……はい」

確かに花梨の髪をドライヤーで丁寧に乾かす隼人はいつもとても楽しそうだ。着るものを選ぶように花梨の髪を整えるのも飼い主の特権と義務というものらしい。

招かれるまま花梨は隼人の足の間にちょこんと腰かける。

一緒に寝るのが当たり前になったように、いつの間にか花梨は自分で髪を乾かそうとしなくなった。

そんな彼女を見て隼人の口元が緩んでいるのに、花梨は気づいていない。

隼人の手は濡れた花梨の髪を優しく広げ、乾かしていく。

「はい、終わり」

まるで美容師のように手櫛と冷風で仕上げられた花梨の髪は、最新式のドライヤーと高級トリートメントの効果もあって、驚くほど艶々に仕上がっている。

「あの……今日はすみませんでした」

ドライヤーを片付ける隼人に向き直り、花梨は謝罪を述べる。すると隼人はわざとらしく目を見開いてみせた。

「どうしたんだい？　特に謝られるようなことはしていないが」

「だって、その、彼が……迷惑をかけて」

「それを謝罪するのは彼であって、花梨ではないね」

「でも、私のせいだから……」

話しているうちに、花梨の眼からぽろりと涙が零れ落ちる。

浩志は声を荒らげたり、ましてや、女性に手をあげようとしたりする人ではなかった。

男らしくて朗らかで、多少デリカシーに欠けているきらいはあったけれど……優しい人だった。だから好きになったし、三年も付き合ったのだ。

最初からルーズだったわけではない。お金は花梨が返すのはいつでもいい、と催促もしなかったから、ずるずるとだらしなくなってしまったのだ。

（あんな風にしてしまったのは、きっと私）

なんでも、受け入れて、許して、なあなあにしてきたのが、悪い。

「わ、私が悪いんです。……全部、私が」

涙が次から次へと溢れてくる。殴られそうになったショックからなのか、それとも後悔からなのか、花梨はわからない。

花梨がもう少し考えて行動していたなら、あそこまで浩志は酷い男にならなかったかもしれない。

彼の裏切りには傷ついた。

けれど自分には浩志を変えてしまった責任があると花梨は思う。

「本当に……君は」

泣く花梨の震える肩を包むように、隼人は花梨を抱きしめる。その眼差しは優しいのになぜか辛そうに眉を寄せていた。

（え……？）

それはまるで、傷ついているように、花梨には見えた。

「花梨、君の投げた小石が世界を滅ぼすわけじゃない」

ややあって投げられた言葉に、花梨は濡れた目を瞬かせる。

「何もかも自分のせいだと思わないで。目の前の世界が君を大切にしないだけだ。君を大切にしない世界の住人たちまで、もう背負わなくていい。彼がおかしくなったのは、彼の責任で、君のせいじゃない」

隼人の言葉はまるで魔法のように、花梨の心に沁み込んでいく。

（私、ずっと、お前が悪いって言われ続けてたんだ……）

これまでの世界は花梨を大切にしてくれなかった。

家族も、会社も、恋人も、みなが花梨を責めた。

けれどここに、たったひとりだけ、花梨を責めない人がいる。

それは花梨にとって救いだった。

「これからは花梨を大切にしてくれる世界に行こう。たとえば……」

一度隼人は言葉を切り、花梨を抱きしめる腕に力を込め、続けた。

「僕の腕の中、とかね」

満面の笑みと共に口づけが降ってくる。

それは事あるごとに与えられる親愛を示すものというよりも、濃密な時間の始まりを告げるものだった。

「ふぁ……」

もう慣れた感触が触れ合い、じわりと官能が導き出されていく。

(また、私ばかり……)

いつもいつも、抱き合う時は隼人から快感をもらってばかりだ。それがひどくもどかしい。救いをくれたこの人に、報いたい。

(なにか、私にできること……返せること……)

そこでふと、脳裏にある考えが閃いた。

金銭でも生活でも花梨はなにひとつ隼人に報いることも、敵うこともない。

けれど……こうして抱き合う時ならば、できることはある、と。

これまで付き合ってきた相手から散々ねだられてやってきたことだから、どうすれば男性が喜ぶのかはわかる。

(きっとこれなら、隼人さんも喜んでくれる……!)

真っ暗な道に一筋の光が差し込んできたような気分になり、花梨は隼人へ手を伸ばした。

「……どうした?」

花梨の指先が触れるや否や、隼人がびくりと身体を揺らす。

驚いた様子に調子づいた花梨は、隼人の寝間着の中に手を差し込んだ。

そしていつも甘く激しい快感をくれる彼の昂りに指を這わせる。

「……今日は、私にさせてください」

隼人の分身を優しく握りながら身体をずらす。

「ちょっ……！」

隼人が珍しく慌てている間に、花梨はソファから滑るように降りると、彼の寝間着のボトムを下着ごと引きずり下ろした。

「あ……」

露わになった隼人の分身を見て、一瞬、怯む。

なにしろ彼のものをまじまじと見たのはこれが初めてで、それはまだ兆しが生じ始めたばかりだというのにこれまで見てきた中で——もちろんそれほど多くはないのだけれど——最も大きかった。

改めてその巨大さを認識するや否や、脳裏にこれまでの経験と嫌悪が蘇る。頭を掴み、嘔吐くまで物のように扱われたこと、顎が痺れるまでずっとさせられたこと……正直、いい思い出は皆無だ。

けれど不思議なことに、隼人の分身に嫌悪感は全く湧いてこなかった。

むしろ、愛しさと喜びで胸が満たされていく。

花梨を見て、触れて、男性として昂ってくれている。それがたまらなく嬉しい。

「やめなさい」

意を決しそこに口づけようとした瞬間、冷水を浴びせかけるかのように硬い声が花梨の行動を遮った。

「されるの、嫌い、ですか？」

花梨が触れている隼人の昂りは、間違いなく刺激を待ち望んでいるように見えた。

「いや、花梨が本当にしたいなら、喜んで受け入れるよ。しかし、花梨はこれまで望んでしたことがあるのかい？」

まるで過去のことなどお見通しだとばかりに言われ、一瞬言葉に詰まる。

「確かに、これまでは無かった、かも」

そう言うと、ほら見たことかという風に隼人が微笑む。

確かにこれまでだったら自分からしたいと思ったことなど、一度もない。

しかしそれも過去の話だ。

「だったら無理には……」

「でも隼人さんにならしたいって思ったんです。お願い。させてください」

返事を聞かずに花梨は隼人の分身へとキスをする。そのままゆっくりと口に含んだ。

これまで嫌われたくない一心でしていた行為だ。

しかし、今は違う。

隼人に気持ちよくなって欲しいから、するのだ。

それは花梨にとって、初めての自発的な欲求だった。

「ん……」

く存在を感じる。

触れただけでもその大きさには圧倒されていた。けれど身の内に取り込むとより一層強
熱と、脈打つ音と動き。

そろりと舌を這わせればすぐに返ってくる反応が嬉しくて、花梨は次第に行為に没頭していった。

もちろん苦しいし、その大きさには圧倒されている。

……けれど奥まった場所で受け止める時よりもより鮮明に隼人自身を感じるのは、不思議な充足感があった。

「……っ」

口いっぱいに灼熱の塊を頬張りながら、だらだらと端から零れる唾液のぬめりの力を借りて、花梨は硬さを増し続ける幹を握る手を動かす。すると頭上から声を堪えた気配が伝わってきた。

(気持ちよく、なってくれている！)

感じてくれたことに気をよくして、花梨はますます激しく手と舌を動かした。

すると不思議なことに自身の身体も次第に熱くなっていく。

今は口の中にあるこの熱を飲み込んだことのある場所が疼くのは、激しい口づけにも似た息苦しさのせいなのか。

「やめてくれ」

熱い息を吐いていた隼人がなぜか唐突に制止してきた。

「え……？」

理由がわからず花梨は目線で問いかける。

（こんなに大きく硬くなっているのに？）

「別に花梨が間違っているわけじゃない。ただ、僕が嫌なだけだ」

そう言われた途端、花梨の脳裏に過去の恋人たちの呆れたような顔と共に「下手だ」とか「ちっともよくない」なんて言葉が過る。

「私、下手だった？」

思わず尋ねると隼人は痛みを堪えるように眉間に皺を寄せ、呟いた。

「下手なもんか。むしろ上手い。すごく気持ちがいい」

（だったらなんで？）

しかし再び花梨が尋ねる前に、隼人が続ける。

「……だが上手いということは、花梨に教えた男がいるということだ」

「あ……」

隼人の言葉は、まるで殴られたような衝撃を花梨に与えた。

確かにこの行為をする時に浮かんだのは、以前付き合った恋人たちだったから。

「経験が無い、まっさらでなければ認めないというわけじゃない。そもそも僕らが出会ったのは花梨が恋に破れたからだしね」

その衝撃は正しく隼人に伝わっていたのだろう。慰めるように言われる。

ただ、と隼人は少し悲しげに続けた。

「こう見えて僕はとても狭量な男なんだよ。花梨を通して他の男を見たくない」

だからこれまで何もさせなかったのだと、花梨は気づく。

「……ご、ごめんなさい、私……」

再び、花梨の眼に涙が滲んだ。

(べたべたと他人の手垢がついた女なんて、嫌だよね)

すでに花梨の身体は彼以外の男と抱き合うことなんて考えられなくなっている。

それは愛される快感と幸福を隼人が花梨に教え込んだからだ。

だが過去は変えられないし、一度汚れた身体をまっさらにする方法など、花梨は知らない。

(やっぱり私は、隼人さんに相応しくない)

浩志によって切り付けられた傷からまた、絶望が湧き出してきそうになった、その時。

花梨の濡れた頬を隼人の指が拭う。

穏やかな微笑みと、真摯な眼差しが、花梨を捕らえる。

「……だから、覚えてくれるかい？　僕のやり方を」

「え……？」

「僕のために変わって、花梨」

甘く囁かれた願いに、花梨は身体の奥がぐずりと溶けたような、不可思議な感覚を知る。

でも、と隼人は少し困ったように笑いながら続ける。

「そうすると花梨はもう一生僕の側でしか生きていけなくなるけれど」

表情は笑っているのに、花梨を見つめるその瞳はどこまでも暗い。

(隼人さんは、私に枷をはめるつもりなんだ)

それはきっと、花梨の身体だけではなく心も縛るだろう。

分かった上で、しかし花梨は迷わなかった。

隼人に慰められたあの夜から、拾われたあの時から、もう花梨は隼人のものだった。

それに今、気づいたのだ。

「変わったら……私、隼人さんに触れても、いいですか？」

隼人に触れたい。

味わいたい。

気持ちよくしてあげたい。

それはある意味とても原始的な欲求である分、衝動にも似た激しさを伴っていた。

「私も何かしたいんです。隼人さんのこと、いっぱい気持ちよくしてあげたい」

与えられるだけでなく、分け合いたい。

注がれるだけでなく満たしてあげたい。

花梨が言い募ると、隼人は微笑みながら静かに尋ねてくる。

「僕の言う通りに出来る？」

「もちろんです！」

「じゃあ僕に跨って」

「えっ」

勢いよく頷いたはいいものの隼人から指示されたのは思いもよらぬことだった。

「可愛いね、花梨」

寝室へ移動し、花梨は服を脱ぐ。

そして同じように一糸纏わぬ姿でベッドに横たわった隼人の上に四つん這いになり、跨っていた。それも、向かい合わせではない。お尻を隼人の眼前に突き出すような形だ。

「これ、恥ずかしい……」

花梨の身体で隼人が見たことのない場所なんてもうない。

それでも自分から晒すようなことはしたことがなかったからか、羞恥で身体中が熱くなるのがわかった。

「これなら僕も花梨をたくさん可愛がってあげられるからね」

「……っあ」

隼人が言葉を発するだけで、吐息が晒された場所にかかり身体が揺れてしまう。

そんな花梨の眼前には、彼の欲望の証が雄々しく天井に向かってそそり立っている。

「さあ、一緒に、気持ちよくなろう」

「んあぁぁっ！」

不意に隼人の指が花梨の最奥に触れて、身体が大きく跳ねた。とっくにその場所は潤み蕩けてしまっている。

たったそれだけの刺激で花梨が背を反らせると、隼人は「ああ……」と感嘆のため息を漏らした。

「もう待ち切れないのか。本当に花梨は可愛いね」

「あぁっ、やっ、やめ……あぁぁっ！」

隼人の手でむき出しにされた最奥に、温かく湿ったものが触れる。

それが何なのか花梨は見えずともわかった。

熟れてぱくりと開いた裂け目から滴る蜜を、隼人が舐めている。

「ああっ、や……っ、ああんっ！」

ぴちゃぴちゃと犬が水を飲むときのような音の合間に、じゅるりと啜られるとその振動すら刺激となり花梨の身体を蝕んでいく。

一緒に暮らし始めて、同じベッドで眠り、抱き合った数などもう覚えてもいない。けれどこうして、隼人の顔が見えないのは初めてだった。

(こわい)

それがなぜか無性に寂しく……花梨は不安を覚える。しかし隼人は器用に花梨を味わいながら指示を飛ばしてくる。

「ほら、花梨。一緒に、だ」

「あ……」

隼人が与えてくれる刺激に捕らわれそうになりながらも、花梨は目の前の灼熱の塊に舌を這わせた。

「んあっ、やあぁぁっ!」

けれどしとどに濡れ尽くした最奥に隼人の指が差し込まれてしまうと、その迷いのない動きに邪魔されちっとも続けることが出来ない。

「上手に僕の指を飲み込んでいるね。ほら、ひくひく震えて雫を垂らしているよ」

「おねが……、み、見ないでぇ」

隼人から丸見えでも、花梨には何も見えない。それが羞恥を煽り思わず涙が滲む。

「淫らな花梨は本当に可愛いね」

「あぁぁんっ！」

指を差し込まれながら敏感な核を舌でつつかれると、強すぎる快感に背がぐっと反り返る。腰がその先を望んで知らず揺らめいた。

「もっとたくさん欲しい？」

ぐちゃぐちゃと淫らな音を響かせながら、隼人の指が花梨の中を行きつ戻りつする。

「うんっ、ほ、欲しい……もっと、欲しいぃぃぃ……っ！」

目の前の硬く熱く長いものがどんな快感をくれるのか。思い知っているからこそ、はしたないおねだりでも、もう躊躇したりはしない。

「じゃあ花梨もしてくれなければ、ね」

「あ……」

（そうだ。私も隼人さんを気持ちよくしてあげなきゃ）

そうでなければ、今までと何も変わらない。

花梨はのろのろと身体を動かし、隼人を口いっぱいに含むとゆっくり上下に動かした。

隼人はくっと喉を鳴らすように笑うと、望んだとおり穿つ指を増やす。

「んんっ！」

中をかき混ぜる指の質量と刺激がぐんと増し、溢れるものが太ももを伝い流れ落ちるのを感じた。

自分がどのように彼の指を飲み込み、快感に反応し蜜を零し、さらに閉じていたはずの場所を潤ませ緩めていくのか。

隼人の姿が視界から外されているからこそ、その全てを見られているのがとてつもなく恥ずかしい。

加えて今口の中で跳ねまわる隼人の熱がさらに花梨を蕩けさせていく。

身体を繋げるのとはまた違う充足感に花梨は夢中になり、賢明に手を、舌を動かした。

「あぅ……っ」

けれど唐突に花梨をかき混ぜていた指が引き抜かれ、その切なさで身体が揺れた。

「そろそろ花梨の願いを叶えてあげなければね」

そう言った隼人の声は、酷く楽しそうだった。

常ならば花梨はベッドに横たわり隼人を受け止めている。

だから横になろうとしたのに「そのままでいなさい」と言われ、花梨は四つん這いのまま隼人を待つ。

「んぁ……」

背後に隼人の存在を感じながら待ったのは、実際は僅かな時間であっただろう。

(はやく、はやく)

しかし気が急く花梨には、まるで「おあずけ」されているように感じた。思考まで本物の猫になってしまったかのように。

花梨が勝手に感じて、勝手に震えている間に、そこに熱く硬いものがあてがわれる。

「あ、あ、あぁぁぁ……っ！」

ゆっくりと隼人は花梨の中に剛直を突き入れた。あたかも己の存在を誇示するかのように。

身体の中心を貫くように入り込んでくる凄まじい熱と質量に、花梨は悲鳴のような声を上げ身体を反らした。

「ああっ、これっ……つよっ」

背後から突き入れられる姿勢は向かい合って交わるいつもの体勢とまるきり違う。

お腹の中ではなく内側を抉られている、そんな奇妙な感覚は強烈な快感を生み出し花梨を混乱させる。

なにより打ち付けられる衝撃が、ダイレクトに身体全体を襲い、逃げ場がない。

「あっ、ああっ、やっ、ああっ！」

強く激しく突き込まれ、嬌声が止められない。だらしなく開いた口から零れた唾液が、強すぎる刺激から流れた涙がシーツに散らばり滲んでいく。目の前に早くもちかちかと限界を知らせる光が瞬いた。

「いやっ、ああっ、ひうっ！　いやぁ……っ」

強すぎる刺激が、衝撃が、とんでもない快感を生み出し、花梨の中で暴れ狂う。

(すごく、すごく気持ちいい……!)

これまでもたくさんの快感を与えられてきた。その中でも今注がれているものは最も強烈で、最も過激だった。

「花梨は強いのが、好きだろう。本当は、少し痛いのも」

「んんっ、あぁっ! そ、んな……こと」

ないとは言い切れなかった。隼人がしてくれることなら、痛くても辛くても多分花梨は受け入れてしまう。

激しく抉るような動きに、身体はどんどん快感の嵐に煽られ追い立てられる。花梨の目の前に瞬いていた光がその輝きを増し、そのまばゆさに意識が混濁していく。

「花梨。……君を抱いているのは、誰だ?」

花梨の背に被さるように身を折った隼人が、耳元で囁く。

「んんっ、は、はやと、さん……っ」

「そうだ。他の男じゃない」

「そ……んな、の、あたり、前っ、ああっ!」

花梨にこんな快感を教えたのは、こんなにも淫らにしてしまったのは、他でもない隼人だ。

「ああ、そうだ。花梨を気持ちよくできるのは僕だけだ。さあどうされたい？　どうして欲しい？」

「いっぱい、して……んっ、めちゃくちゃに、してぇ！」

なんの迷いも躊躇もなく、花梨は淫らな願いを口にした。

隼人が与えてくれるものは、なにひとつ取りこぼしたくない。

それが苦痛でも、過ぎた快感でも、構いやしない。

「悪い子だな、花梨は」

「あっ、ああっ、わるく……じゃ……あぁぁっ！」

穿たれるたびに零れる声は、もう言葉にならない。

後頭部を摑まれたかと思うと、ぐっと首をねじるように持ち上げられ、背後から唇に噛みつかれる。

花梨がそれに応えると、隼人の抽送がより一層深まったのがわかった。

ぴたりとくっついた腰を揺すられると、最奥に振動が伝わり快感が弾ける。

「んっ、んん……っんー！」

唇を、舌を絡めたまま何度も強く貫かれ、花梨は快感の嵐の中にわが身を投げた。

果てに辿り着いた花梨へ労わるような口づけを落とすと、隼人は上機嫌で言う。

「可愛い花梨、望みを言ってごらん。なんでも叶えてあげる」

「望み……」

花梨はオウム返しに呟きつつ、ぼんやりと考える。

「なんでもいいよ。花梨が望むもの、欲しいものを、好きなだけあげよう」

「なんでもって……ちょっと漠然としすぎ、というか……」

しかしまだ快感の侵食から回復できていない花梨の頭では、すぐに思いつかない。

「とくに、ない、です……」

「何か欲しいものはない？」

「もう、たくさんもらいました……」

すでにクローゼットが満杯になる程揃えてもらっている。これ以上は必要ない。

「なら何か、したいことは？」

焦れたように問うた隼人が、途中ではっと何かに気づいたように目を見開いた。

「そうだ！　エステサロンはどうだい？　花梨の好きなようにできる店を作ろうか」

ハイブランドのプレゼントよりももっと高価なものを提案され、ぎょっとしてしまう。

「い、いりません。自分の店が欲しかったら自分でどうにかします」

服や化粧品だけでも高価なのに、店を用意してもらうだなんて花梨の感覚ではあり得ない。

「うちの子は無欲だなぁ」

しかしなぜかとても残念そうに隼人は肩を落とした。

「そんなこと、ないです」

欲しいものがないわけではない。しかし頭に浮かぶどれもが隼人から与えてもらうものとしては相応しくないだけだ。

快感で強張った身体が少しずつ弛緩していくにつれ、今度は猛烈な眠気がじわじわと広がっていくのを花梨は感じる。今日は色々ありすぎた。

「なら思いついたら、教えてくれ。なんでもいいから」

隼人は花梨を抱きしめる。しっとりと湿った肌が触れ合うのが心地よくて、花梨はたくましい腕に縋り、頬を摺り寄せた。

（私の、欲しいもの）

「ぎゅってして、寝てくれたら、それでいいです……」

温かく抱きしめてくれる優しい腕が、君は悪くないと囁いてくれる声が、どれほど得がたいものか。悲しい経験を経た花梨は思い知っている。だから今これ以上に欲しいものなど考えられなかった。

「本当にそれだけでいいのかい？　何もあげなくても、僕と一緒にいてくれる？」

しかし隼人はどこか焦ったように重ねて問うてくるから、花梨は可笑しくなってふふ、と笑ってしまう。

（なんでそんなこと訊くのかな）

こんなに温かく優しい腕の中から離れられるわけなんてないと、わかっているくせに。

「いますよ……だって、私はあなたの猫だ、から」

そう呟いた花梨の瞼がとろりと落ちる。眠りの世界は限りなく優しく花梨を誘い、包み込んだ。

第四章　あなたの側にいられるならば

花梨が目覚めたとき、珍しくひとりではなかった。

「おはよう」

「おはよう、ございます……」

朝の挨拶と共に口づけが落ちてきて、花梨は幸せな気持ちで温もりにすり寄る。優しく抱き返され、ほう、と花梨は安らかなため息をついた。

(なんだか、久しぶり)

思い返してみれば、一緒に暮らし始めたものの、互いの起床時間がずれていたため、今のように隼人の腕の中で目覚める機会はほとんどなかった。

(私、それ寂しいと思ってたんだな)

身も心も隼人の猫になったような気分になり、口元に笑みが浮かぶ。

「今朝の花梨はご機嫌だね」

「ふふ、隼人さんと一緒に起きられたから嬉しいんです。……今何時ですか？」

早起きの隼人がまだベッドの中にいるということは早い時間のはずだと思い問いかける。

しかし返ってきたのは思いもよらぬ答えだった。

「八時を過ぎたところだな」

「えっ、お仕事大丈夫ですかっ⁉」

今日は平日。シフト制の花梨は休みだが、隼人は仕事のはず。いつもならすでに身支度と朝食を済ませ、そろそろ出勤しようかという時間だ。

「ああ、今日は休みにした」

「社長が急に休んでも平気なんですか？」

慌てる花梨の問いかけに隼人は声を上げて笑った。

「社長にだって有休くらいある。問題ないよ」

「そ、そうですよね」

(隼人さんの会社はホワイトだもんね。うちはものすごいブラックだけど)

いくら労働者の権利だとはいえ、営業企画部では有休など冠婚葬祭レベルの用事でなければ使わせてもらえなかった。体調不良でも自己管理ができていないと副社長から叱責を受けたくらいだ。

今勤めている店舗でそういったことはない。しかし休日返上することで人手不足の穴を埋めている店長を見ていたら、軽い気持ちで有休をとろうなんて、とてもではないが思えなかった。

「もう少し寝よう」

「はい……ん？」

隼人のなんとも魅力的なお誘いに花梨は一も二もなく飛びついた。しかし布団をかいた左足に違和感を覚える。

そろそろと手を伸ばしてみると、何かが指に触れた。

「えっ⁉」

花梨は驚きのあまり身を起こし、掛布団をはね上げる。そして露わになった左の足首には、繊細な鎖の輪がはめられていた。

「これ……」

プラチナの鎖を辿れば、足首に沿うようにカーブを描いた小さなプレートが繋がっている。プレートには控えめなダイヤモンドの装飾と「Ｈ ｔｏ Ｋ」という刻印が施されていた。ＨからＫへ。それは隼人から花梨への贈り物。

「は、隼人さんっ⁉」

驚いた花梨が隣を見れば、ベッドに横たわったまま頬杖をついた隼人が得意げな笑みを浮かべていた。

「よく似合っているよ」

「こ、これ、どうしたんですか？」

「ぼくの猫は無欲すぎて心配になるから、押し付けてしまおうと思ってね。嫌だった？」

「全然そんなことないっ！　すごく、すごく、嬉しいです……」

花梨の胸を温かな喜びが満たしていく。そのせいか喉が詰まったようになって、うまく言葉が出てこない。

「アンクレットなら、仕事中でも身に着けられるだろう？」

「覚えていて、くれたんですか……？」

「もちろん。可愛い花梨のことは忘れないよ。できればこれからずっと身に着けていてほしいな」

以前隼人は洋服と共にひと通りのアクセサリーも用意してくれた。

けれど施術に影響してしまうので、職場に着けていけるのはピアスだけ。それもデザインが限られる、と説明したことを覚えていてくれたらしい。

刻印された言葉も、その形状も、全て隼人が花梨のために選んでくれたもの。

（嬉しい）

そう思った次の瞬間、花梨の眦からほろりと涙が零れ落ちた。

「どうしたの？　アンクレットも駄目だった？」

「違う、違うんです……！」

花梨は首を横に振りながら、必死に涙を拭う。

「ああ、そんなにこすったら赤くなってしまうよ」

隼人の手が伸びてきて、力任せに頬をこすっていた花梨の手をやんわりとどけ、優しく拭ってくれる。その仕草から思いやりと労わりが伝わってくる。

「私、嬉しくて、それで……」

「泣くほど喜んでくれたのなら、僕も嬉しいよ。ありがとう花梨」

起き上がった隼人が、花梨を抱きしめる。そのたくましい胸に全てを委ね、花梨は幸福なため息をついた。

これまでプレゼントを贈られた経験は当然ある。けれどかつての恋人がくれたものよりもずっとずっと、このアンクレットが嬉しかった。

「……ねえ花梨。左足にアンクレットをつける意味を知っているかい？」

問われたが答えを知らない花梨は首を振る。

「何かあるんですか？」

問い返した花梨に、隼人は柔らかく微笑んで答えた。

「『きみはぼくのもの』という、意味だよ」

「……っ!?」

(これは、私が隼人さんの猫だっていう、証だ)

繊細な鎖は、柔らかく、けれど強く花梨を縛る。

昨日言葉で枷をくれた隼人は、ちゃんと形でも示してくれた。それは花梨の心を喜び以上のもので満たした。だからさらに涙が溢れてしまう。

「おやおや、僕の猫は泣き虫だね」

隼人は慰めるように花梨の寝乱れたままの髪を優しく撫でる。その手つきは限りなく優しい。

「ど……して……」

何度も繰り返した問いが、また花梨の脳裏を過る。

(どうして隼人さんは、私の本当に欲しいものがわかるのかな)

大変な時に力になってくれて、辛い時は側にいてくれて、寂しい時は抱きしめてくれる。自分はそんな相手をずっと求めていたのだ、と花梨は気づいた。

「ありがとうございます……!」

(私、隼人さんが好き)

優しく抱きしめ、守り、慈しみ、大切な存在だと伝えてくれるこの人を、むしろ好きにならずにいられるわけがない。

(でも、隼人さんは、違う)

好きという気持ちを自覚して浮かれる己を戒めるように、花梨は思い直す。

(間違っちゃ駄目。私は猫だから、可愛がってもらえてる)

彼は猫にただ、首輪を与えただけ。飼い主として、当たり前の行動に過ぎない。

今教えられた左足のアンクレットの意味を別の意味で受け取っているのは……花梨だけだ。

(でも猫である限り隼人さんの側にいられるなら、もう私はずっと猫でいい)

彼にこのひとりよがりな気持ちを伝えることは出来ない。花梨にできるのは、隼人が望む通りに振舞うことだけだ。それが、彼にしてあげられる唯一だと花梨は思った。

「あの！　猫って、何をすればいいんですか?」

涙をぐっと拭い、花梨は隼人に尋ねる。

(ちゃんと猫にならなくちゃ！)

そうでなければ花梨にたくさんよくしてくれる隼人に申し訳なさすぎる。しかし意気込む花梨に隼人はいつものように微笑みをむけて言った。

「なにも」

「そういうわけにはいきません！　私隼人さんの猫になったんだから、猫らしいことをしなきゃ！」

花梨の言葉を受けた隼人は少し面食らったように目を瞬かせる。そして思案するかのように視線を動かしたあと、何か思いついたのか質問を投げかけてきた。

「花梨の考える『猫』はどんな感じなのかな？」

「えっ!?」

逆に問い返され、これまで自分が全く考えたことがなかったことに花梨は気づく。

(猫……飼ったことないし……)

猫に限らず、実家でペットは飼っていなかった。気まぐれに寄ってきてくれたら少し撫でる程度の接触しか経験がない。

戸惑いながら隼人を見れば、期待に満ちた視線が返ってくる。ここまで来たら、わからないなんて言えなかった。

(猫ちゃん……どうしてくれたっけ……)

昔、猫を飼っている友人の家に遊びに行った時のことを思い出す。

きりっとした顔立ちの茶トラだった。最初は警戒して遠巻きにしていたけれど、少しずつ近づいてきて、帰る間際には膝に乗ってくれた。

(そうだ、膝！)

「あの、ちょっとここに座ってもらってもいいですか？」

花梨がベッドのマットレスを叩くと、隼人は「なにが始まるのかな」と笑いながらも言う通りにしてくれる。

「よいしょ！」

そして花梨はベッドに胡坐をかくようにして座った隼人の膝の上に横向きに乗る。小柄な花梨の身体は体格のいい隼人の胡坐の中にちんまりと収まった。

「どうですか⁉」

得意げに尋ねてきた花梨に、隼人は驚いたように目を丸くする。

「……ええと、これは」

「猫ちゃんって、慣れたらお膝に乗ってくれるじゃないですか！」

「なるほど」

（……私、やらかしちゃった？）

明らかに喜ぶというよりも困惑している隼人を見て、花梨は己の失敗を悟る。

「ご、ごめんなさいっ！」

「いいよ。本当に僕の花梨は可愛いなぁ！」

花梨が慌てて膝の上から下りようとするも、笑う隼人に抱きしめられてしまえばもう逃げられない。

（私、ホント駄目だ）

羞恥といたたまれなさで顔を赤くした花梨の瞳には、先程とはまた違う涙が滲んできてしまう。

「すみません……。私、何も上手くできなくて……」

「上手にできてるよ。……ほら」

一時の勢いはどこへやら。萎れた花梨に隼人は人差し指を差し出してくる。

「……？」

花梨は隼人の行動の意味がわからず、とりあえず自分の人差し指を重ねてみる。まるで宇宙人と交流する古い映画で見たように。

すぐに隼人が「残念」と言いながら苦笑する。どうやら不正解だったようだ。

（指を出されたら、猫がすること……）

頭の中で、またあの茶トラの猫を思い出す。けれどその経験自体がずいぶん前のことすぎて全くピンとこない。

（そういえば犬を撫でる時は匂いを嗅がせるんじゃなかったっけ）

とりあえずそっと顔を寄せてみる。もちろん、匂いなんてしない。探るような顔つきになった花梨に、隼人は笑って種明かしをしてくれた。

「仔猫ちゃんは、指しゃぶりしてくれるんだよ」

今度は花梨が目を瞬かせる番だった。

（私、仔猫なんだ）

自分ではとっくに一人前になったつもりでいた。けれど立派な隼人からすれば、花梨はまだまだ未熟な若い女……いや猫なのだ。

だから、どうすればいいのか教えてくれたのだ。

求められたことが嬉しくて、花梨は差し出された人差し指にそっとキスをする。同じ皮膚なのに唇とはまた違う、硬さを感じた。

「吸って」

「ん……」

言われるがまま唇に人差し指を迎え入れ、ちゅう、と吸う。

綺麗に切りそろえられた爪と指先は少し塩辛い。

「上手だね、花梨」

隼人は褒めるように花梨の背を撫でた。その優しい手つきに花梨はうっとりとなってしまう。

「……にゃあ」

嬉しくなった花梨は、仔猫のようにひと鳴きする。そんな花梨を隼人は可愛くてたまらないと言わんばかりの笑顔で撫でる。

快楽を分け合うのではなく、互いを慰撫するような、やわく温かな触れ合いはひどく穏やかで心地よかった。

「横澤さん、十三時でご予約のお客様、お願いね」

バックルームで備品のタオルを整えていると、店長から声がかかる。

「えっ、十三時ですか？」

今の時間は十二時四十分。早く準備をしなければ間に合わない。

「あなたなら大丈夫でしょ、常連さんだし優しい人だから問題ないって」

頼んだわよ、と念押しすると、店長は顧客データの入った端末を花梨に押し付け、すぐさまバックルームから出て行ってしまう。

「そりゃ大丈夫だけど……」

バックルームの整頓が終わる頃から、店長はどんどん花梨に仕事を押し付ける、いや回してくるようになっていた。

「とにかく、準備しなきゃ！」

もう時間がない。タオルの整理は後回しで、花梨はお客様を迎える準備を急ぐ。

端末でこれまでの施術内容を確認すると、今回施術するお客様は定期的にボディのマッサージに通ってくれる常連客のようだった。

これなら新たにカウンセリングの時間を設ける必要はない。さらに過去の施術内容からおおよそ要望されるであろうサービスを推測して準備を進めていく。

目一杯急いだつもりであったけれど、準備が終わったのはほぼお客様の来店と同時だった。

「はぁ……」

突如押し付けられたお客様が終わっても次々と仕事は舞い込み、結局ひと息つけたのは閉店後だった。

あまりの疲労に立てなくなってしまった花梨の前に「お疲れ様」と労わりの言葉と共に缶コーヒーが差し出される。

「今日は悪かったわね」

「そうですよ！　今度からせめて担当変更は三十分前にお願いします」

「善処するけど、諦めてくれた方が早いかもね」

花梨が文句をいいつつコーヒーを受け取ると、店長は苦笑する。同じ苦労を共にしているからだろうか。素っ気なかった会話はいつの間にか気安いものになっていた。

当初は断られていた店長業務も、最近は手伝わせてくれるし、他のスタッフとの仲も少しずつ縮まってきている。

それは、花梨がこつこつと続けていたバックルームの整頓をみんなが認めてくれたこと、そして店長のフォローがあったからだ。忙しすぎることを除けば、仕事はある意味充実していた。

毎日仕事に追われているおかげで、エステティシャンとしての勘は戻ってきつつある。とはいえ、二年のブランクの間に失われた体力はそう簡単には取り戻せない。

「疲れ過ぎてて帰るのだるいです……」

店舗から隼人と暮らす家までは四十分ほどかかる。特別遠いわけではないのだが、乗り換えのアクセスが悪いので疲れている時は少々辛かった。

「あら、彼氏に迎えにきてもらえばいいじゃない」

「えっ」

「見たらわかるわよ。……それ、彼氏からのプレゼントでしょ？」

「は、はい……」

店長が指さしたのは、花梨の左足。そこには隼人から贈られたアンクレットが光っていた。仕事中に着けるのは少し迷ったけれど、隼人が手ずからはめてくれた枷が嬉しくて、入浴する時以外肌身離さず身に着けている。

「指輪とかじゃずっと着けられないものね。考えてくれるいい彼氏さんじゃない」

「あ、ありがとうございます」

彼氏ではなく飼い主です、なんてさすがに言えず、花梨は曖昧に笑う。猫と飼い主、だなんて関係を他人に説明するつもりはない。理解してもらえるとは思えないからだ。

（私たちのことは、私と隼人さんだけが知っていればいい）

ふたりだけの秘密だと思えば、それもまた楽しいものだ。

アンクレットをもらってからふたりの暮らしは、少しだけ変わった。

相変わらず隼人は花梨にあれこれ与えたがるし世話を焼きたがる。しかし隼人から贈られるものがわかりやすく価値のあるもの——たとえば貴金属や洋服などではなくなった。

今は隼人が好きで、花梨も好みそうな音楽や映画、素敵な美術館や博物館、美しい風景。そんなものを一緒に楽しむようになった。

漏水で自宅を失った時、綺麗なものを見せて落ち着かせてくれたように、隼人は元々高価なものを手に入れるよりも、時間や体験を共有するのが好きな性質らしかった。

ホテルというハレの場を提供している会社の代表らしいといえばその通りだ。

花梨も物より彼と一緒に過ごす時間や体験の方がずっと嬉しかった。

（身を飾るものは、ひとつあれば十分）

隼人が手ずから着けてくれたアンクレットだけあればいい。

「そういえば少し前に男の人と揉めてたのは、大丈夫だったの？」

「な、なんでご存じなんですか⁉」

「店の前で口論されたら、気になるでしょ」

それに一応、万が一のことを考えて通報の準備はしといたのよ、と言われ、花梨は恥ずかしいような、申し訳ないような複雑な心地を味わう。

「ご、ご心配おかけしました……。でも、もう大丈夫です」

浩志の急襲があり、隼人は一時花梨に対してずいぶん過保護になった。

それこそ毎日送迎をつけようとしたくらいだ。さすがに運転手付きの車で職場まで送り迎えされるのはやりすぎだと断るのが少し大変だった。

（でも隼人さんが心配してくれるのは、ちょっと嬉しいんだよね）

不謹慎かもしれないが、心配してもらうと……大切に思われていると感じられる。

もちろんそれは猫の花梨に対してだが、それでも構わなかった。

側にいられるのなら、立場などなんでもいい。

送迎が無理ならばと隼人は弁護士を雇い、浩志の行為を付きまといとして警察に相談させた。

結果、警察から事実確認の電話があっただけで浩志は震えあがり「二度と近づかない」と誓ったという。貸した金もほぼ返ってきた。

なんと会社にかけあい、勤務地まで変えたというから、その怖がりようはお察しである。

物理的に近くにいなくなったことで、花梨は安心して仕事に励むことができている。

「それにしても近頃お客様増えましたね」

「これまで人手が足りなくて予約断っていたのを受けられるようになっただけ。以前に比べたら全然よ。まあ、うちはまだマシな方だけどね」

店長は深々とため息をつきながら言った。

人出不足は深刻で、ここのところ近隣の店舗にヘルプを出しても全く応じてもらえない。それは他の店舗も同じような状況だからだ。

（私が営業企画部に異動する前は、こんなことなかったのに）

元々離職率の高い職場だから、採用はかなり積極的に行っていたし、定着させるための取り組みはかなり熱心にしていたはず。

しかしどうだろう。

今の店舗、会社の根幹であるサービスの現場は最悪な状態だ。

スタッフが足りなければ、サービスの質は落ちる。サービスの質が落ちれば顧客は離れる。顧客が離れれば売上は当然落ちる。売上が落ちれば、人員の補塡はされない。

シュペットの多くの店舗で完全なる負のループに陥っていた。

「横澤さん、お願いだからもう少し辞めないでね」

「えっ⁉」

錆びついた腕を取り戻せたと実感し、その後の準備が整ったら辞めるつもりではあった。

しかしそれをあからさまに示していたつもりはなかったのだが。

（もしかして……表情や態度に出てしまっていた、とか⁉）

思わず手で確認するように頰に触れた花梨を店長が笑う。

「本社で揉めた人が長く続けるわけがないでしょ。まあむしろよく辞めないでいるなって感心してるくらい。……これまで色々見てきたから」

「大丈夫です。もう少しお世話になります」

「横澤さん、ホント真面目よねぇ。本社で上手くいかなかったのわかるわ」

ふふっと店長が笑う。

「えっと、私がここに来た経緯、店長ご存じなんですよね？」

これまで触れようとしなかったくせに、店長自ら言い出してきたことに花梨は驚きを隠せない。

「まあ蛇の道はなんとかって言うでしょ？　勤めが長くなればそれなりに知り合いは増えるから。大変だったわね」

「いえ、私が悪かったんです」

ところが花梨の言葉を否定するように店長は手をパタパタと振った。

「いや横澤さんの異動は完全に嫌がらせでしょ。私、まさか普通に出勤してくると思わなかったわよ。……本社の人って、ほら」

店長が言いたいことを察して花梨も苦笑してしまう。

「そうですね。辞めるのを期待されていたでしょうね」

自分でも恥知らずに見えるだろうとは思う。

しかし仕事を辞めて困るのは花梨だけだ。

「でも辞めないでくれてよかった。ホント、うちの店人いなくて大変だったから」

店長が頰に手を当てため息を吐く。

「全く、上の考えることはわからないわ。例の四店舗同時開業のおかげで、こっちがどれだけ大変だったか」

「えっ？　人員補塡したはずじゃ……」

思わず問いかけてしまった花梨に、店長は苦笑する。

「近頃はそう簡単に集まらないのよ。若い人には夜遅い仕事は敬遠されがちだし、かといって一度辞めた人は戻りにくいし」

「……すみません」

「別に横澤さんの責任じゃないでしょう。むしろあなた被害者じゃないの」

「えっ⁉」

「急な異動が決まった時からエリアマネージャーとかと話してたのよ。わざわざ本社に異動したのに、気まぐれにお払い箱なんて……ホント最低！」

どうやら社運を賭けた新店舗とそればかりにかまける営業企画部のことを、既存店のスタッフ、それも店長やエリアマネージャーなどの管理職たちは、あまりよく思っていないようだ。

多少の摩擦は以前からあったけれど、マジェスティホテルの案件により、その溝はだいぶ深まってしまったらしい。

……その流れで最初は敬遠されていたものの、本社から左遷された花梨は「副社長に振り回された被害者」というところに落ち着いたようだ。

人生、何がどう転ぶのか全くわからない。

（……ある意味元凶は私のような気もするのだけど）

もしあの時、花梨がコンペに参加していなかったら、受注出来ていなかったら、どうなっていただろう？

ふとそんなことが頭を過った。しかし副社長と高橋の関係を思えば何かの機会に追い出されていただろうし、浩志の浮気は一年も前からだ。

結局、どうやっても結果は変わらなかったであろう。

「そういえば、あの噂、本当なの？」

花梨が話せるとわかったからか、店長がここぞとばかりに話を続ける。

「あの噂って……」

「副社長と新店舗の責任者がデキてるって話！」

きっと花梨が異動になってからずっと尋ねたかったのだろう。店長の態度には隠し切れない好奇心が透けて見える。

（店舗側にまでそんな話が流れてきてるって……一体どんな付き合い方しているんだろう、あの人たち……）

一緒に働いている本社の人間たちならいざしらず、普段は顔を合わせない店舗の人間にまで伝わっているとなれば相当だ。

「うーん、らしい、です、けど……」

決定的な場面を見たわけではないので、なんとも言えない。けれどそんな曖昧な返事でも店長には十分だったようだ。

「その感じじゃ、副社長の方が夢中って話もホントっぽいね。……あの高橋ならそのくらいやっちゃうか」

「あの高橋って、店長知り合いなんですか？」

現場一筋の店長と本社採用の高橋の接点など正直思いつかない。

営業企画部に限らず本社からの指示は地域のエリアマネージャーを通して伝えられることが基本で、店舗スタッフと本社従業員が顔を合わせる機会などそうそうないからだ。

「知り合いも何も、あいつのせいで酷い目に遭ったからね。あれは女の敵よ！」

鼻息荒く言い切った店長は、こちらから尋ねるまでもなく過去の話を聞かせてくれた。

彼は一時期店舗管理に携わっていたことがあり、その際複数のスタッフと恋愛関係を結んでいたのだという。本社に戻った後そのことが発覚し、スタッフ間で争いが起き大変な事態になったらしい。

「そ、それは大変でしたね……」

「でしょ？　本社に報告上げたのにお咎めなしだし！　『当人同士の問題は業務に関係ない』なんて、あるからこそ報告したのにね！」

高橋のやっていることが今も昔も変わらないことに花梨はげんなりしてしまう。

彼には女性を虜にする、ある種の魅力があるのかもしれない。しかし花梨にとって色仕掛けではなく、仕事で人を振り向かせられない人間は全く魅力的には思えなかった。

（……なんて思うのは奪われた側の負け惜しみよね）

「あんな男に骨抜きになるなんて、正直、副社長にがっかりしたわ。もう早く横澤さんも独立するなり転職するなりした方がいいわよ！　……って、別に横澤さんのこと追い出したいわけじゃないから！　むしろ長く居て欲しいけど、あなたの今後のことを考えてね！」

勢いで言ったのち慌ててフォローを入れてきた店長の顔を見て、花梨は思わず声を上げて笑ってしまう。

「わかってますよ。……でも店長こそ、独立しないんですか？」

花梨より年上の店長はずっと店舗一筋のベテランエステティシャンだ。その技術があればブランクのある花梨などより容易に開業可能なはず。

ところがその質問に店長は「ないない」と笑いながら手を振った。

「この仕事は好きだけど、自分で店持つなんて面倒だもの。雇われて言われたことはいはいっってやってる方が私は向いてるし気が楽なの」

確かに独立となると、本来の業務以外の仕事……経理や営業などの仕事も増える。そんなに簡単な話じゃない。

（……私はどうしたいんだろう）

この仕事は好きだし、辞めたくない。けれどこの会社にいつまでもいられない。かといってすぐに独立するほどの情熱も今はもうなかった。

それよりも失いたくないものを、見つけてしまった。

「まあ、独立はともかく……転職は考えた方がよさそうね」

どこか諦めたように店長がぽつりと呟く。

入れ替わりの激しい会社で、花梨よりも年上となると店長の勤続年数は十年を越えるだろう。その彼女が見切りをつけ始めているという事実が何を意味しているのか分からないわけではない。現場はもう限界なのだ。

マジェスティホテルに進出した新店舗の成功が会社のさらなる成長に繋がる。そう思っていたのが、花梨は酷く昔のことのように感じた。

本社の人々はこの末端にいるスタッフの肌感覚を、わかっているのだろうか。

そんな心配が頭を過って、自分の馬鹿さ加減に花梨は思わず苦笑いしてしまう。

(もう私がそんな心配しても仕方がないのに)

「マジェスティホテルの店も、ヤバいみたいだし」

「えっ⁉」

思いもよらぬ一言に、思わず声が出た。

あんなに準備して、スタッフ教育だって力入れて頑張ったのに。そもそもまだオープンして数か月しか経ってないというのに。

「知らなかったの?」

あまりのことに言葉が出なくて、ただ思い切り頷いた花梨に店長が逆に驚く。

「私もあまり詳しくないんだけど、スタッフが大量に辞めたらしいわよ」

「うわ……」

よりにもよって現在の状況は、考え得る中で最悪のパターンだった。


重い足を引きずるようにして帰路についた。いつもなら早く帰りたいと気が急く帰り道なのに、今日はなぜかひどく憂鬱だった。

それは店長に許可をもらい、元同僚に連絡したためだ。

回りくどく聞きまわるよりも、間違いなく真相を知っている相手に当たった方がいい。

とはいえ、元同僚が応じてくれると正直花梨は思ってもいなかった。

花梨が異動して以来、彼女に連絡を取るのは今日が初めてだったし、相手からも連絡はなかった。その程度の間柄だったのだ。

『あぁ……例の件、聞いたんでしょ』

しかし営業企画部のかつての同僚は、花梨の挨拶を遮ってすぐに本題に入ってしまった。その話の早さに花梨は面食らう。

「えっ……はい」

『そうじゃなきゃわざわざ連絡してこないでしょ。いいわよ、何でも聞いて。……横澤さんが大変な時何もしてあげられなかったし』

「仕方ないですよ。あそこで副社長にどうこう言える人がいるとは思えませんし」

『そう言ってもらえると気が楽になるわ』

元同僚の声がほっとしたように少し穏やかになる。

彼女は彼女で花梨に対して罪悪感を抱いていたのかもしれない。

誰かが気にしてくれていた。それだけで花梨もまたあの時の苦しみが少し軽くなったような気がした。

「あの……実際のところ、どうなんですか？　スタッフが大量に辞めたって話は聞いたんですが」

『そうね。ぶっちゃけ、もう撤退を考えるレベル』

「えっ、まだオープンして半年足らずですよね⁉」

『信じられないでしょ、でも現実なのよね』

元同僚の口はずいぶん滑らかだった。もしかしたら、彼女も誰かに話したかったのかもしれない。

社運を賭けた案件がたった半年で頓挫となったら、一体どこまでの損失になるかわからない。嘆きたくなるのは当然だった。

『横澤さんがいなくなってから、高橋君が大張り切りでね……店舗の運営にまで口を出し始めちゃって』

「それ一番やっちゃダメなことじゃないですか！　なんで誰も止めない……」

反射的に口にした疑問の答えは、電話越しに伝わってくる苦笑交じりのため息でわかってしまった。

シュペットの本社で副社長に目をつけられたら、終わりだ。それは花梨が一番よく知っている。

花梨を追い出して手柄を横取りするだけで済ませておけばよかったのに、高橋は自分のものではない権力を振りかざしてしまったのだろう。

それでは止める者などいるわけがない。

新店舗の企画立案は営業企画部の仕事だ。しかし実際の店舗運営は別部署である美容事業部の管轄であった。

形の上では営業企画部と美容事業部は同等だが、美容事業部の社員は現場からたたき上げのスタッフばかりなので、本社採用の者たちは彼らを下に見る。

それこそ、高橋が花梨にしたように。

そもそも現場とやや距離のある営業企画部が本来の管轄を飛び越え運営に口出しなんてしてきたら、現場のスタッフは当然反発するに決まっている。

「店舗運営に不慣れな高橋さんが横やりを入れた結果、現場のオペレーションと人間関係に混乱が生じ、それに嫌気が差したメインスタッフが大量退職……ってところですか」

『ご名答』

店長から聞いたばかりの高橋の過去も加味して考えれば、現場は相当滅茶苦茶にされたのだろうと容易に想像できてしまった。

(それは私でも辞めるだろうな)

花梨が店舗に戻っても仕事を続けてこれたのは、隼人の励ましと、さりげなくフォローしてくれた店長のおかげだ。上司に恵まれなければ、部下はあっという間にいなくなってしまう。

『その穴を埋めるためになんとか無理してスタッフかき集めたんだけど……サービス低下

してクレームの嵐』

「うわぁ……」

花梨の口から思わず声が出た。近隣店舗にヘルプを出してもどこも応じてくれない理由がわかってしまった。

どこの店舗もギリギリどころか足りない人員で回しているのだろう。

「誰が責任取るんですか、それ」

『……まだはっきりとはしてないけど、おそらく美容事業部になるでしょうね』

「そう、ですか」

花梨はかつて自分がマジェスティホテルの案件の中心にいた時、何度も顔を突き合わせて議論を交わした美容事業部の人々の顔を思い出す。

大きな仕事に、みんな希望とやりがいを覚えて一生懸命だった。それなのに。

『横澤さん異動していてよかったと思う。結果的に、だけど』

その言葉でもしあの後も営業企画部に残っていたら……きっと全ての泥をかぶるのは花梨だったのだろうと推測できた。

ただ事態はもう平社員ひとりの首で済むレベルではなくなっている。

『私も近いうちに決めないとなとは思っているところ。横澤さんも覚悟しておいた方がいいよ』

「ですよね……」

店舗だけでなく、これからは本社からも次々と人が抜けていくのだろう。もう誰も止められない。マジェスティホテルの店舗が失敗に終われば……会社の存続そのものが危ういのだから。

これまではあえて見ないようにしていたネットの口コミを見てみれば、もう酷いものばかり。金を返して欲しい、とまで言われているのが目に入り、辛くなって見られなくなってしまった。

「どうして……」

何事も積み上げていくのは大変なのに、失うのは本当に一瞬だ。

かつて一度味わった喪失。

それを思い出してしまった花梨からは、もうため息しか出ない。

「おかえり、どうしたんだい？　浮かない顔をして」

「隼人さんは……マジェスティホテルの店がどうなってるのか、知っていたの？」

出迎えてくれた隼人に花梨はただいまも言わず尋ねる。

「ああ」

暗い顔をして帰ってきた花梨を見て、隼人は察していたのだろう。あっさりと肯定する。

コンペの内容を隅々まで把握していた彼が、テナント店の業績を知らないわけがない。

「まず、着替えておいで。話はそれからにしよう」

簡単に済む話ではないのだろう。花梨は隼人の言う通りに着替えや片づけを済ませる。

そうしている間に、隼人はコーヒーを淹れてくれていた。

リビングのソファに並んで座り、温かいコーヒーを一口飲むと、少し気持ちが落ち着く。

「……今、どんな状態なの？　教えて」

花梨が静かに請うと、隼人は淡々と事実を教えてくれる。それは元同僚から聞いた話と、ほぼ合致していた。

「……すでにうちのホテルには相応しくないと退去勧告を出している。シュペットは契約違反だとごねているがね」

半ば予想はしていたものの、思っていたよりも悪い答えに花梨は言葉を失う。

マジェスティホテルの店は、花梨の理想そのものだった。

特別なサービスを提供する上質なお店。

ホテルを訪れるお客様だけでなく、店を目当てに来てもらえるような場所にするのだと懸命に頑張った。

（それが……こんなあっけなく駄目になってしまうなんて）

店長から聞いただけでは、とても信じられなかった。元同僚に説明されてもまだ、信じたくない気持ちがあった。

しかし隼人の口から聞かされれば、花梨にとってそれは間違いなく真実だ。

何もかも失ったあの夜、たったひとつだけ残った希望。それが花梨の理想の店だったのに。

(どうして……!?)

束の間、花梨の心に嵐が吹き荒れる。けれどそれはすぐに諦めに変わった。

(こうなることは、きっと必然だった)

店は生き物だ。働く人間をないがしろにすれば、当然駄目になる。

「……ねえ、隼人さん。お願いがあるんだけど」

「なんだい?」

花梨の唐突なおねだりに隼人の顔がぱっと輝く。それだけ花梨から隼人に何かをねだることは珍しかった。

「私、マジェスティホテルに行きたい」

ある意味開かれた場所であるから、本来なら許可を取る必要などはない。けれど隼人の職場でもある。黙って行くのはなぜか気が咎めた。

「それは……」

花梨の意図を察した隼人の眉間に皺が寄る。

「今更私に何かできるとか、己惚れたことは考えていないよ?」

いくら企画の立案者でも、今の花梨は一介のエステティシャンに過ぎない。そんな魔法のようなことができるわけがなかった。

「ただ……今どんな状態なのか、確認したいだけ」

しかしこのまま何もせずにいたら……もしも左遷されることもなく開店まで無事に関わることが出来ていたならどうなっていただろうと、花梨は考え続けてしまう。

それを止めるために、今どうなっているのかきちんと確認したい。

「隼人さんに迷惑をかけるつもりはないから！　ひとりで行けるし」

「……わかった。花梨の次の休みに合わせて僕も休みを取ろう。どの店に行きたい？」

マジェスティホテル内に出店している四店舗は、それぞれ春夏秋冬、四季をイメージした装飾やサービスで特色を出していた。そのどれかと問われたら。

「……『ＳＡＫＵＲＡ《サクラ》』を」

「ＳＡＫＵＲＡ」はその名の通り春がテーマの店で、花梨にとって一番、思い入れのある店でもあった。


数日後、花梨は隼人にエスコートされ、マジェスティホテルへと向かった。

「この服……ちょっと派手じゃない？」

「そんなことない。よく似合っている。可愛いよ」

気後れする花梨を宥めるように隼人さんがちゅっと額に口づけをくれる。

隼人がチョイスしたのはフェミニンな若草色のワンピースだ。足元にはもちろん、彼から贈られたアンクレットが光っている。

対する隼人はシルバーグレーの三つ揃えで、もう見慣れたはずなのにほれぼれするほど格好がいい。

（……それにしても、本当に大丈夫かな）

ふと隣を歩く隼人を横目に見ながら、花梨はつい心配してしまう。

「ねえ、隼人さん。私ひとりで来た方がよかったんじゃないかな」

なにしろホテルのスタッフが隼人を見かけるたびに深々と礼をしてくるのだ。今のこの状況では、どう見ても花梨は彼の恋人にしか見えない。

「なぜ？」

「だってその、ホテルの人に誤解されちゃうと思うんだけど」

「僕の可愛い花梨を見せびらかしてるんだ。堂々としていて欲しいな」

「……わ、わかりました」

そんなにいいものじゃないと思う反面、自分の存在を自慢に思ってくれていることが嬉しくて、花梨の口元は自然と緩んでしまう。

そんなやりとりをしていたら、いつの間にか「ＳＡＫＵＲＡ」の前に来ていた。

「あ……」

入店する前、ガラス越しに店内を一瞥しただけで、もう花梨が思い描いていた店ではなくなっていることは明らかだった。

無造作にカウンターへ置かれた筆記具、手作りの安っぽい掲示物、萎れた観葉植物。いずれかひとつなら、さして気にならない小さな瑕疵《かし》だ。でも、それが積み重なれば大きく見えてしまうもの。どこか安っぽい、投げやりな印象は、このホテルの雰囲気からは、明らかに乖離してしまっている。

「そんな……」

もうスタッフは取り繕う余裕すらないのだ。……どれだけ管理者が無能なのか、それともどうしようもないのか。あまりのことに花梨は眩暈を覚える。

(外から見ただけでわかってしまうなんて)

当初のコンセプトは、上品で質のいい、春の柔らかさを表すような空間だったはずなのに。内装だってあれだけ吟味して、こだわって発注したのに。一生懸命研修したはずなのに。

(なんでこんな風になってしまうの?)

あまりの変貌ぶりに、思わず店の前で呆然と立ち尽くしてしまう。

「……花梨のせいではないよ」

隼人はショックでよろけそうになった花梨の腰に手を添え支えてくれた。

「わかって、います」

様々な要因が積み重なって最悪の結果に着地してしまっただけ。わかっている。

それでも一度関わった者として。理想を現実にしようと奔走した経験から。悔しさと悲しみと、そして憤りが胸にせり上がってくる。誰だって自分が手掛けたものが失敗するところなど、見たくはない。

けれど花梨は、真正面から、きちんとそれを確認しなければならなかった。

「終わる頃に迎えに来るよ。夕食に上のレストランをおさえてあるからね」

「楽しみです。じゃあ……今よりうんと綺麗になってきますね」

「SAKURA」が本来の姿であれば、それは叶うはずだ。

わざとはしゃいだ声を出した花梨の頬を隼人は微笑みながら撫でる。

「期待して待っていよう」

隼人の温もりをお守りに、花梨は「SAKURA」に足を踏み入れた。

工務店と綿密な打ち合わせを重ねた内装は、事前のシミュレーション通りの素晴らしい出来だった。ふんだんに使った木材と漆喰の壁が印象的なエントランスは、コンセプトである「和」の空間を見事に表している。

けれど思い描いていた理想の形を見ても、花梨の心が湧きたたない。それはこの店が死に体であることをすでに知らされているからだろうか。

「えっと……」

入店してすぐ、花梨は戸惑うことになった。受付に人がいなかったからだ。

(あり得ない)

ワンオペで回している小さな店でもなかろうに、受付には小さな呼び出し用ベルが置かれているだけ。

(受付に置いておくスタッフすら足りてないってこと？)

これでは天下のマジェスティホテルのテナントには相応しくないと判断されて当然だ。

仕方なくベルを鳴らすと、バックスペースからのろのろと誰かが顔を出した。

「いらっしゃいませ……っ⁉」

「えっ⁉」

まさかそれが見知った相手――高橋であるなどと、誰が思うだろうか。それは高橋も同じだったのだろう。見合ってふたりで凍り付く。

「おい、なんでおまえがここにいる⁉」

先に我に返ったのは、高橋の方だった。

「俺への嫌がらせか⁉」

「な、なんでって、ずっとブランディングに関わっていた店ですから、来てみたかったんです。……予約、しています、けど」

端末を確認し、花梨の名を発見したのだろう。高橋は忌々しそうに大きく舌打ちする。

「ふんっ、ふざけやがって」

「あの」

ぎろりと睨まれて、花梨は続く言葉を飲み込んだ。

（いくら社員《わたし》相手とはいえ、その言葉遣いはちょっと……って、言っても無駄だよね）

少なくとも、花梨は正規の手段で予約を取りこの店を訪れている、まぎれもない客だ。百歩譲って知った仲だからと気安い口調になるのならわからなくはないが、おまえ呼ばわりはあり得ない。

しかし花梨が何か言っても彼が聞き入れるはずがなかった。

「……高橋さんは、どうしてこちらにいらっしゃるんですか？」

高橋はプロジェクトの責任者で営業企画部の人間だ。先日元同僚から話を聞いたばかりだから間違いない。

その責任者がわざわざ店舗でスタッフの真似事をしているのか。

しかし問いかけた瞬間、高橋の顔色が変わる。

「お前に関係ないっ！」

「……っ！」

なにが気に障ったのか半ば怒鳴るように返され、花梨は思わずびくりと身をすくめる。

(わ、私何か悪いこと言った……のかな……)

花梨の顔を見て苛立ち激高するのはなぜなのか。さきほどからわからないことばかりだ。

「案内させるからそこで待ってろ!」

およそ客に対する態度ではなかったが、高橋に気圧された花梨は大人しく言われた通りにする。

(……他にお客様がいなくてよかった)

たとえどんな事情があろうとも、高橋のそれは顧客に見せてはいけない接客であった。他の客に見られなかったことに安堵しつつも、花梨は閑古鳥が鳴いていることが辛くもあった。

Webサイトで見た時は、がら空きの予約が信じられなかった。

しかしこれではリピーターどころか、新規の客も望めない。

ややあって案内に出てきたのは若いセラピストだった。おざなりなカウンセリングを済ませると、すぐに個室へと連れていかれる。

「……ひどい」

あまりの接客のひどさと、明らかに掃除の行き届いていない個室にため息しか出ない。

この個室にもこだわりが詰まっていたのだ。

内装だけでなく、コンセプトに合わせて特別に調合した春の花の香りが楽しめるはずだったのに無くなっている。

経費節減のために止めたのか、それとも忘れているのか。いずれにせよ必死に準備したものがカットされているという事実が花梨には辛かった。

エステで提供するサービスは、大きくわけると四つに分類される。

まず一般的にエステと言えば思い浮かべる人が多いであろう、ピーリングやリフティングなどの施術をする「フェイシャル」。次にいわゆる痩身やマッサージなどの「ボディ」。アロマやヘッドスパなどで心身のリラックスやデトックスを目的とした「リラクゼーション」、あとは「脱毛」である。

「SAKURA」の売りはフェイシャルとボディのエステだ。様々なメニューで自宅ではできないケアを提供する。トリートメントは最高品質の英国製品と国内化粧品メーカーの最上級品だ。

オープンのために揃えたスタッフは、フェイシャルやボディマッサージのプロフェッショナルばかりだったし、当然、高い接客技術も備えていた。最新の設備に、充実したトリートメントメニューで極上のリラクゼーションタイムが提供されるはずだった。

しかし乱暴な受付に新人同然のセラピストを見ただけで、期待なんてどこかに消え失せてしまった。

今日は九十分、ボディとフェイシャルのコースを予約していたが、今すぐ取り消して帰りたい。

「……でも施術はちゃんとしているかもしれないし」

一縷の望みをかけ、花梨は施術着に着替えた。

「……はぁ」

しかしひと通りサービスを受けてみたものの、結果は予想通り散々であった。

ボディマッサージは新人同様だし、フェイスのトリートメントも適当なのが目を閉じていても伝わってきた。

なによりセラピストの動きが雑でひとつ動くたびにいちいち物音を立てるものだから全く寛げない。

何をとっても到底マジェスティホテルに相応しい施術ではなかった。なんなら花梨の勤務している店舗のスタッフの方がよほど技術水準は高いだろう。

花梨のいる店は二十代から三十代の働く女性が普段使いするサロンである。マジェスティホテルの店がそれ以下なのはあり得ない。

ラクジュアリーな店というのは、施術だけが特別では不十分だ。それを受ける空間、付随する接客、時間の使い方まで全て含めて上質で特別であるからこそ、高級と呼ばれるに値する。

高級なのは見かけだけ、というネットの口コミ通りの張りぼてのようなサロンだということがこれで確定してしまった。なにしろ施術すら特別でなかったのだから。

(……これではクレームが入るのは当然ね)

おそらくこの店だけでなく、他の三店舗もそうなのだろう。

——もうこの店は花梨の理想ではない。それは十分すぎるほど実感してしまった。

実感してしまえば、花梨の未練は綺麗に消え失せていた。ずっと心の中にひっかかっていたはずなのに。

(早く帰ろう)

必要以上の長居は無用だ。花梨はさっさと服を身に着ける。

そして最後に大切なアンクレットを左足に着けようとアクセサリートレーに手を伸ばした。

「あれ?」

しかし指に何も触れない。

「おかしいな……」

大事なものだ。施術を受ける前に外して、確かにトレーに置いた。しかしトレーが置かれた棚の上にも、その周囲を見回しても見当たらない。

「えっ、なんで!?　嘘でしょ?　なんで無いの!?」

トレーをひっくり返し、服を置いていた場所も念入りに確認する。それでも見つからず、床に這いつくばって探しても、見つからない。

（あれは、あれだけは、失くしちゃいけないのに……！）

「……っ！」

焦り室内を探し回る花梨の眼の端で、何かが光った。部屋の隅に置かれたクズかごに、何か光るものが引っ掛かっていた。


「どういうことですかっ⁉」

花梨がバックルームに駆け込むと、そこにはだるそうにスマホをいじる高橋とスタッフがいた。

「なんですかぁ？　ここはお客様の立ち入りお断りしてるんですけどぉ？」

先程とは違い人をおちょくるような言い方をした高橋の顔は、いやらしい笑みで歪んでいる。その態度が疑念を確信に変えた。

「……これ、壊れてたんですけど」

震える花梨の手には、鎖の千切れたアンクレットがあった。つい数十分前まで傷ひとつなかったはずなのに。

「壊したの、高橋さんですよね⁉」

花梨自身が驚くほど、険しい声が出た。

「いきなりなに言い出すんですかぁ?」

にやにやと嘲笑を浮かべた高橋が、大げさに肩をすくめてみせる。

「こんなことするのあなた以外にあり得ない!」

「ははっ! だったら証拠出せよ! 出せるもんならな!」

その言葉自体が答えのようなものだったが、確かに証拠はない。先程施術してくれたスタッフに視線を向けても、あからさまに逸らされる。

個室内に監視カメラの類はない。出入口にはあったが、それだけでは証拠としては弱い。なにより責任者は高橋だ。カメラの映像を見せてくれるわけがない。

黙り込んだ花梨に、高橋は高笑いし続ける。

「貴重品はご自身で管理していただかないと困りますぅ」

「管理もなにも、私が手出しできない時にしたくせに!」

施術中は動けないし、パックをしている時は目も塞がれている。管理などできるわけがない。

「言いがかりだなぁ。……俺がやったって言うなら、さっさと証拠出せよ」

そんなもの出せないとわかっていて、高橋はやったのだ。

花梨を、傷つけるためだけに。

（傷つけるなら、私を殴ればよかったのに）

花梨の中にある何かが胸にせりあがってくる。どす黒く、熱いそれは——怒りだった。

これまでどんなに理不尽な扱いをされても、裏切られても、花梨の心を満たしたのは悲しみや諦めだった。しかし今、これまでとは違い花梨は激しい怒りと後悔に襲われている。

（外すんじゃなかった）

色恋で人から仕事を奪い、その上左遷させるような男だ。高橋の前で大切なものを身体から離した花梨が悪いのだろう。

「……っ」

目の奥が熱くなる。

（泣いちゃ駄目……！）

涙を見せても、高橋を喜ばせるだけだ。花梨はぐっと目頭に力を入れ、零れるのを耐える。そのまま踵を返し、店を出る。

背後から高橋の高笑いが聞こえた。しかし振り返らなかったのは何も着けていない左足が酷く軽かったからだ。

……しかし涙を堪えられたのは、店から出るまでだった。

「……っぅ」

エレベーターの前で足が止まると、そのまま涙がぼろぼろと溢れてしまう。

怒り、悲しみ、無念……これまで味わってきた負の感情が激流のように襲ってきて、花梨はエレベーターのホールボタンを押すこともできず立ち尽くす。

（どうしよう、どうしたら、いいの？）

千切れたアンクレットを両手で握りしめた花梨の頭を占めるのは、ただそれだけだった。

涙は一度溢れ出すと止まらず、花梨の頬を濡らし続ける。

これまで抵抗できないのは自分の力不足が悪いと思っていた。他人の認識を改めるより自分が諦めて気持ちを切り替えた方がよっぽど早いと思っていた。

（私、何もできない……！）

けれど今、花梨は自分に力がないことが、諦めるしかないことが辛くて、悔しすぎてたまらない。

「……あっ」

花梨がひとり涙に暮れていると、不意にエレベーターが到着し目の前で扉が開く。

「……っ、花梨!?」

迎えに来てくれたのだろう。開いた扉の向こうにいたのは、隼人だった。涙を流している花梨を見て驚き腕を伸ばしてくる。

「隼人、さん……！」

花梨は反射的にその腕に飛び込もうとした。

（だめ）

しかし手の中にある千切れたアンクレットがそれを咎めているような気がして、身体がすくむ。そんな花梨を隼人は迷うことなく抱きしめた。

「ご、ごめんなさい、ごめんなさい……！」

優しくそしてたくましい隼人の腕に縋り、花梨は泣き崩れた。もう何も我慢できなかったのだ。

「どうした？　何があった？」

ただ謝り続ける花梨の背を慰めるように撫でながら、隼人が問いかけてくる。その声は労わりに満ちていて、花梨の乱れた心が少しだけ落ち着きを取り戻す。

「……アンクレット、壊しちゃったの。わ、私が悪かったから……ごめんなさい」

花梨は固く握りしめていた手を開き、無残に千切れたアンクレットを見せる。壊れてしまったそれを見ても、隼人は穏やかに花梨の背を撫で続けた。

「これは……どこかに引っ掛けたりしたのかい？　怪我はなかった？」

「ごめんなさい。さっき、サロンで……」

花梨は自衛を怠ったせいで大切なものを壊されてしまったことを懺悔する。サロンになぜか因縁の相手である高橋がいたこと。施術中に外したアンクレットを壊されてしまったこと。しかし証拠がないと相手にされなかったこと……。

花梨がなにより怖いのは、隼人からもういらないと見放されることだ。

黙っていればわからないことなのかもしれない。しかし隠しておけることではなかったし、なにより隼人に嘘をつきたくなかった。

(これで隼人さんから怒られたり……嫌われてしまうかもしれない)

大事な枷を、過失で壊してしまった。それは花梨にとって裏切りと同じだったから。

「は？」

静かに花梨の話を聞いていた隼人の口から短い声が発せられる。その威嚇するような声色に、花梨はびくりと身体をすくませる。

(仕方ない)

自業自得だ。花梨は次に来るであろう怒鳴り声に身構えた。

しかし隼人は花梨の腰を抱くと、サロンの方へと歩き出す。

「えっ、は、隼人さん？」

戸惑う花梨と視線を合わせると、隼人は真剣な面持ちで首を横に振った。

「行くぞ花梨。これはさすがに見過ごせない」

サロンに乗り込んだ隼人は開口一番「責任者を出せ」と言い放った。

さすがに隼人の顔は知っていたのだろう。最初対応しようとした若いセラピストは慌てたようにバックルームに引っ込む。

そしていくらもせずに慌てたように高橋がバックルームから飛び出してきた。

「これは二階堂社長！　ど、どうなさいました⁉」

唐突な取引先の社長の来訪だけでなく、その隣に花梨がいたことも彼を驚かせたのだろう。動揺があからさまに顔に出ている。

「この店で器物破損があったと聞いた。なぜお客様の訴えをろくに聞きもせず退けたのか教えてもらおうか」

「いや、二階堂社長直々に関わるようなことじゃありませんよ。この女は悪質なクレーマーなんです」

高橋はへらへらと笑いながら花梨を悪者にすることで誤魔化そうとする。しかしそれを隼人が許すわけがない。

「それを確かめるために僕はここに来ている。器物破損が起きるなど、我がホテルの沽券に関わる事態だ。少なくとも施術を担当したスタッフから事情聴取をさせてもらう。ああ、防犯カメラの映像も提出するように」

「そんなものはこの女の妄言です！」

「彼女の言葉が偽りだという根拠は？　相手にそれを求めるならまず自ら証拠を提示すべきだろう」

「……くっ」

隼人の追及に高橋の整っているはずの顔がどんどん歪んでいく。その表情は醜悪と言うほかなかった。

「そもそもなんで横澤が二階堂社長と一緒に……」

高橋は途中で何かに気づいたように言葉を切った。視線が花梨の首元からゆっくりと腰へと降りていく。

「ははっ！　そうか！」

花梨の腰を支える隼人の腕を見て、高橋は全てを理解したとばかりににやりと笑った。

「ホテルのオーナーを色仕掛けで落としたってことか。最低だな!!」

「ちがっ……」

「ずいぶんと自分の行いを棚に上げた発言だな」

隼人が花梨の言葉を遮り、呆れたように言い放つ。

「高橋君。こちらが何も知らないと思っているのならずいぶんおめでたい。……多情で不誠実な男は嫌われるよ。シュペットの副社長の他に、何人とお付き合いしているのかな？」

「なっ⁉」

隼人の言葉に高橋が絶句する。まさか取引先にまで己の所業が知られているとは思っていなかったのだろう。

「ああ、だからスタッフからも愛想つかされてしまったのだろうね」

（もしかして高橋さん、現場に口出ししただけでなく、別の意味で手を出していた、とか!?）

花梨は店長から聞いた過去の経緯を思い出す。高橋ならいかにもやりそうだ。

「そちらは契約違反だと騒いでいるが、うちの評判や品位に差し障りがあることを行った場合どうなるか、きちんと契約書に明記してあるはずだ。……きちんと償いをしてもらうから、そのつもりで」

高橋の顔色が、怒りの赤からどんどん青く変わっていく。今隼人さんが彼に突き付けているのは、最後通牒ではない。交渉の余地すらもう残っていないのだ。

「ま、待ってください！　契約云々と今回の件は関係ないはずです！　もう少しお時間を頂ければ……」

「器物破損は事件だと言っただろう。警察を呼ぶ。それで全て解決だ」

慌てて言い募る高橋を、隼人はバッサリと切り捨てる。

（怒ってる……）

その声色で、眼差しで、表情で、花梨は隼人が激怒していることを悟る。それは花梨が初めて見る隼人だった。

「そんな……、おい、横澤！　なんとか言えよ！」

「隼人さん、いいです。……警察を呼ぶ必要はありません」

花梨の言葉に、高橋の表情がほっとしたように緩む。

「お前だってこの店が無くなったら困るよな」

「……いいえ」

警察を呼ぶ必要はないと言ったのは、別に高橋や店のためではない。花梨にも非があったことと、隼人にそこまでの手間を取らせたくなかっただけだ。

「この店は無くなった方がいいと思います」

「な……!?」

「私が期待したのは……目指したのは、こんな店じゃないから」

丁寧なサービスと心地のいい空間がくれる極上のひと時を提供するお店が、花梨の理想だった。マジェスティホテルが求めていたものも同じだろう。こんな嫌な気持ちにしかならない店など無くなってしまった方がいい。

花梨の答えを聞いた高橋が、顔色を失い力なくその場にくずおれる。

花梨にとってこの店が大事だったように、彼にとっても大事だったのだろうか。

揉めていることを察した店舗のスタッフたちが遠巻きにこちらの様子をうかがっている。けれど、誰も高橋に駆け寄ったりはしない。

店が高級なのは見かけだけなのと同じように、彼を気遣う者はいない。それが高橋のこれまでしてきた仕事の結果なのだ。

「行こう」

「……はい」

床にへたり込んだままの高橋を置き去りにして、花梨は隼人に促されるままに踵を返した。


「少し休んでいこうか」

隼人はそう言うと、花梨を上階にある部屋へ案内した。リビングルームと寝室が別になっている、広々とした間取り。並みのホテルならスイートと称される部屋だろう。

「ここは……」

しかし一般的な客室と違い、リビングルームには寛げるソファではなく重厚なデザインのキャビネットとワークデスクが置かれている。ホテルの部屋というよりは、執務室という感じの雰囲気だ。

「僕が個人で持っている部屋だ。ここで仕事をする時もある」

「えっ⁉　お仕事の部屋に私入っても大丈夫ですか⁉」

「一応プライベートルームだよ。それに、花梨ならなんの問題もない。……おいで」

当たり前のように隼人は花梨を抱き寄せようとした。

しかし花梨は一歩後ずさりそれから逃れ、隼人の手は空を切る。

「花梨……？」

隼人は衝撃を受けたかのように目を見開いた。それが申し訳なくて花梨は小さく首を振る。

「私、隼人さんに優しくしてもらう権利、ないんです」

なぜと問う視線に、花梨はまた首を振る。

「……アンクレット、壊しちゃってごめんなさい……！」

謝罪の言葉を続ければ、一度止まった涙がまた花梨の眼から溢れ出した。

「そんなに気に入ってくれていたとは知らなかったな」

隼人は取りなすように笑ってみせた。

「また同じ物を用意する……」

「他の物じゃダメなんです！」

しかし隼人の言葉を遮るように、花梨は叫んでいた。

「隼人さんが選んで隼人さんがつけてくれたから、これだけが特別なんです！　あなたの猫でいるためには、これが必要なんです！」

けれど、花梨の迂闊さで、隼人の枷は失われてしまった。

「だから……私……隼人さんに抱きしめてもらう資格、ないんです」

こみ上げてくる嗚咽のせいで途切れ途切れになってしまう言葉を、花梨は必死で繋げる。

「こんな、泣いて、みっとも、なくて、ごめんなさい……」

まるで子供のようにしゃくりあげる自分の姿がひどく見苦しい。

(出会った時からずっと、私隼人さんにはみすぼらしい姿ばかり見せてる)

花梨は縋るように千切れたアンクレットをぎゅっと握りしめる。すでに失われてしまった絆。

その拳を隼人の大きな手がそっと包み込む。

(……なんで?)

向かい合った隼人の表情を見て、花梨は驚く。彼の顔もまた、まるで泣くのを堪えているかのように歪んでいたから。

「……では、花梨以外にその資格があるのは、誰?」

「え……?」

問い返され、花梨は困惑する。ただ、こんな自分では駄目だということしかわからない。

「僕には、花梨しかいないよ。……だって花梨はいつも僕を救ってくれる」

「救う?」

全く身に覚えがなくて、花梨は思わず問い返してしまう。

「ああ。僕に何も求めなかったのは、花梨だけだ」

「そんな……私……隼人さんにたくさんもらっています！　隼人さんに、助けられてばかりです！」

しかし隼人は苦笑しながら首を横に振る。

「花梨は僕が差し出したものを受け取っただけだ。何も奪っていないよ。そんな花梨だから、僕は……」

ぎゅうっと、花梨の手を握る隼人の手に、力がこもる。

「左足に鎖をつけるなんて……正直、自分がこんなに狭量な男だと思っていなかった」

それなのに、と隼人は一旦言葉を切った。

「そんな僕すら、花梨は喜んで受け入れてくれた」

「鎖って……」

アンクレットをまるで縛り付けるもののように隼人は言ったが、花梨にとっては違った。

「私、すごく嬉しかったです。だって……これはずっと、隼人さんの猫でいていいって証、だと思ってて」

「……あぁ」

感嘆とも悲嘆ともとれる呟きが、隼人の口から洩れた。

「すまない。もうとっくに、花梨のことを猫だなんて思っていなかった」

「それ……どういう、意味、ですか？」

「僕の目には、花梨は可愛くてとても魅力的な女性に見える」

「え……？」

「どうしても逃がしたくないから、家に連れて帰って、僕のものだと鎖をつけた」

可愛くて、魅力的に見えて、どうしても逃がしたくなくて、家に連れて帰って、独占しようとする。――その行動の源を、なんと呼ぶのか。

「ねえ、隼人さん……」

問いかける花梨の声は震えた。

「隼人さんは、私のことが、好き……なの？」

「もちろんだ」

「あの、猫として、じゃなくて」

「そうだよ。横澤花梨という女性が好きだ」

千切れたアンクレットごと、隼人は花梨を抱きしめる。

「うそ……」

問いかけに返ってきたのは肯定だったのに、花梨は反射的に否定してしまう。それくらい、信じられなかった。

「嘘じゃない。好きでもない女を自宅に連れ込んで一緒に暮らすほど、僕が飢えているように見えるかい？」

「見えません、けど」

顔を上げると、花梨を見下ろしていた隼人と視線が合う。

「『けど』や『でも』はもう聞きたくないな」

「でもっ、……だったら、いつから」

すぐさま禁止された言葉を口にしてしまう。混乱しすぎて質問がまとまらない。

「いつからだろうね」

はぐらかすように、隼人は笑う。

「私……『猫』なんて言うから……隼人さんはペットだから私のことを可愛がってくれているだけだと思って……」

しかし考えてみればそれだって花梨が望んだことだ。猫のように可愛がられるだけの存在になりたいと。

隼人はいつだって、花梨の願いを叶えてくれた。

「花梨、愛しているよ」

「あ……」

不意に真顔になった隼人からストレートに気持ちを伝えられ、花梨は言葉を失う。

「だから花梨の気持ちが知りたい。……君は僕のこと、どう思っている?」

与えられていた愛情を自覚すれば、自然と言葉が溢れる。

「……私も、隼人さんを愛しています」

こんなに大切にしてもらって、こんなに愛してもらって、好きにならずにいられるわけがない。猫だなんて誤魔化して、ずっと一緒にいたいと願ってしまうくらい、大好きだ。

「では僕の願いをひとつ、聞いてくれるかな」

「もちろん！　なんでも言ってください！」

花梨は力強く言い切る。

嫌われたくない。そう思って好きな相手の願いを叶えるために自らを犠牲にすることはこれまで幾度もあった。

しかし今隼人に感じている気持ちは……全然違う。見返りが欲しいなんて思わない。ただ相手に幸せに笑っていて欲しいと思う、温かで満たされた気持ち。

「ずっと僕の側にいて欲しい」

花梨の背中に回っていた隼人の手が、再び花梨の握ったままの手に触れる。

「あ……」

ゆっくりと固まった指をほぐすように手が開かれていく。そして現れた千切れたアンクレットが取り上げられ、左の薬指にそっと何かがはめられる。

透き通った宝石が輝く、プラチナの指輪。それが示すものは——永遠の愛。

花梨の目が驚愕で見開かれる。

「……花梨の願いならなんでも叶えてあげたい。笑って欲しい。喜んで欲しい。幸せでいて欲しい。そのためになら、なんでもする」

嫌われたくない。そう思って相手の願いを飲むことがこれまで何度も何度もあった。しかし行為自体は同じはずなのに、今隼人に向けた気持ちは……全然違う。

自分よりも大切な人という存在を花梨は今初めて実感した。

（……隼人さんは、ずっとこんな気持ちで私に接してくれていたの？）

「ね、猫じゃなくても……一緒にいることが許されるなら……私はずっと隼人さんの側にいます」

「よろしい」

隼人が花梨を抱きしめる腕に、また力がこもる。苦しいくらいなのに、それがたまらなく、幸せだった。

「花梨、もう離さない」

花梨をひたと捉えた潤んだ瞳が、ゆっくりと近づいてくる。伏せられる瞼にきらめく雫を見ながら、花梨は目を閉じた。

口づけをほどくのがもどかしく、互いに求め合ったまま扉ひとつ隔てた続きの間へと導かれる。

完全に夜の帳が下りるまでには今しばらくの猶予がある時間。外の世界から差し込む温かな光が、花梨にとって見知らぬ場所を照らしていた。

部屋の中央に設置されたベッドはキングサイズのものがひとつだけ。おそらくここは仕事中、隼人が身体を休めるための部屋なのだろう。

だが隣の部屋は明らかに仕事のための場所で、なによりこのホテル自体が隼人の職場だ。一瞬その事実が頭を過る。けれど常識よりも熱情が勝った。

「隼人、さん……」

息継ぎをするように名を呼べば、花梨の何もかもを察したように隼人は微笑んだ。そして後ろ手に扉の鍵を閉める。かちり、と小さな音を立てて、密室が完成する。

誰にも邪魔されない場所に辿り着いたふたりの気持ちを抑えるものはもうなにもない。

「もっと……」

ほどけた唇が寂しくてねだれば、すぐさま望みはかなえられた。

差し込まれた舌に口腔を撫でられると、すでに火照り始めた身体の奥でさらに湧き出すように熱が生まれる。

熱を分けるように口づけが深まっていくと同時に、どんどん息も上がっていく。それは呼吸もままならぬキスのせいか、次から次へと湧き出してくる欲求のせいか、それとも両方か。花梨には判別できないし、する必要も感じない。

やがて口づけだけの触れ合いに焦れた隼人の手が花梨のワンピースを摑んだ時、花梨もまた隼人のシルバーグレーのスーツに手を伸ばしていた。

「ん……ぁ……」

キスを続けながら、互いの服を脱がしていく。肌を合わせることも、服を脱ぐことも、幾度となく繰り返してきた行為のはずなのに、とにかく気が急いた。

早く、早く、ひとつになりたい。ふたり共全てのものを脱ぎ捨てるなり、そのままの勢いでベッドにもつれ込んだ。

「花梨……」

「はぁ……は、やと、さん……」

耳元で名を呼ばれただけでぞくぞくと背筋を快感の兆しが駆け抜けて、花梨は自分が酷く興奮していることに気づく。そして自分に覆いかぶさる隼人も同じ気持ちであることは、その余裕のない表情から伝わってくる。

それが花梨は無性に嬉しかった。

自分が求めているのと同じか、それ以上に求めてもらえる。

必要としているし、されている。

その事実はなにより花梨を満たした。

「すまない……。今日は、優しくできないかもしれない」

眉を寄せた隼人が謝罪してくる。

「え……？」

しかし正直、咄嗟に花梨は優しくない隼人の姿を想像できなかった。出会った時からずっと隼人は花梨に限りなく優しかったから。

(優しくない隼人さんが、見たい)

いつも求めているのは、花梨の方だった。そう彼が仕向けてくれていたから。だから知りたかった。

なにより仮に優しくなくとも、かつての恋人のように隼人が自分を傷つけることはない。だから花梨は微笑んで頷いた。

「いいよ。隼人さんの、好きにして」

答えは言葉ではなく唇で与えられた。

「……っあ、んあぁぁ……っ！」

隼人の唇が花梨に触れる。水音を立て首筋から喉を伝い、鎖骨に軽く歯を立てられる。ぞくぞくと悪寒に似た快感のはしりを覚え、花梨は身悶えた。

隼人は淫らな水音を響かせながら、花梨の胸に嚙り付いた。柔らかさを堪能しているのか、なぶるかのように吸い、舌で弄び、揺らす。その刺激は全て快感へと変換され、花梨の身体をより熱くさせた。

「……っ⁉」

不意に、胸の柔らかなふくらみに鋭い痛みを覚える。驚き視線を向ければ、そこには赤い痕が散っていた。ある意味傷のようなそれを隼人が花梨に付けたのは、これが初めてだった。

「あ……」

「嫌か？」

呆然と痕を眺める花梨に、隼人が問いかける。すると花梨は小さく頭を振り言った。

「ううん、嬉し、い……」

赤い花びらのような口づけの痕を見て、花梨の心に湧き上がったのは困惑ではなく喜びだった。

今にして思うと、ずっと互いにどこか遠慮があった。

花梨は猫でいなければ、彼の思う通りでいなければならないと自分を戒めていたし、隼人もまた同じように立派な飼い主でなければならないと己を律していたのだろう。

でももうお互いにそんな風に我慢し、取り繕う必要は無いのだ。

花梨も、隼人も、互いに自分自身のまま、愛し愛されるのだ。口づけの痕はまさにそれを象徴しているように思えた。だから、嬉しかった。

「そうか。ならいっぱいつけような……っ」

「んあぁぁぁっ！」

言うなりむき出しの頂に齧り付かれ、その激しさに花梨は身悶える。

すでに凝り尖った先端を甘噛みされながら強く吸われると、強い快感がどっと花梨に襲い掛かった。

「やぁっ、あっ、はやと、さぁ……！」

胸の柔らかな部分を揉み込まれながら先端を強く吸われると、声を堪えられない。舌先で先端をなぶられ、さらにもう片方を指先でつままれると、もうたまらない。

花梨の身体は隼人によって拓かれ、快感を教え込まれている。どこでどう感じるのかを知り尽くしている唇と指は、容赦なく花梨を追い詰めていく。

「ひぁっ、あっ、あぁっ……！」

強く吸われながら軽く歯を立てられれば、自然に嬌声が漏れてしまう。

（気持ち、いい）

抱き合うことは、気持ちがいいこと。それを教えてくれたのは隼人だから、もう快感に抵抗を覚えたりしない。むしろ、たくさん欲しがってもいいものだ。

「も、もっとぉ……はうぅっ！」

求めた花梨に応じるように、隼人の手が下肢へと伸びる。最奥への入り口に触れた指が、すでに潤み蕩けていることをまざまざと知らしめてくる。

「ひぁっ、やぁぁぁぁっ」

互いの荒い息に交じり聞こえた、ぬちゃり、と粘ついた水音までも花梨の快感を煽った。

「あっあっ、ああっ」

胸を食まれながら敏感な核を弾かれると、あまりにも強烈すぎる刺激に身体が跳ねる。けれどすかさず身体を押さえこまれ、快感を逃すことが出来ない。

「は、隼人、さ……ま、待って……あぁぁぁっ！」

なんの前触れもなく長い指が花梨の中に沈み込む。すぐさま激しく出し入れされ、卑猥な水音と共に快感が花梨を襲う。

（ああ、だめ……っ！　これ以上は……っ）

「やぁぁぁぁ……っ！」

硬く長い指と熱い唇に追い詰められ、花梨はあっという間に絶頂に辿り着いてしまった。

（うそ……こんな、早く）

あまりにも極みを見るのが早すぎて驚く花梨を見つめる隼人の瞳が妖しく閃く。ひとりでの絶頂が終わりではないこともまた、隼人が教えてくれたことだった。

「や、優しくない、隼人さんって……こんな、感じ、なの？」

隼人との触れ合いに花梨は慣れたつもりでいた。互いの熱にも肌の感触にも、与えられる、快感にも。……けれどこんなに激しく、こんなに容赦のないやり方は初めてだった。

「嫌か？」

「ううん」

再び問われ、花梨は快感に喘ぎながらも、隼人を見る。

確かにいつもの隼人とは違った。ひたすらに快感を与え、花梨を翻弄する隼人とは。けれどだからといって、嫌になんてなるわけがない。

「いつもと違うけど……」

余裕なんてなくて、ただ花梨に触れたくてたまらないという様子の隼人が愛おしくて、花梨は自らの胸を食む隼人に手を伸ばした。綺麗にセットされたままの髪に指を入れ、乱すように頭を撫でる。

「好き……大好き……！」

素直な気持ちを吐露した途端、なぜか隼人はぎゅっと眉を寄せる。まるで何かを堪えているかのように。

「花梨、本当に君という人は……っ！」

「えっ⁉」

咎めるようなひと言をこぼすなり、隼人はがばっと身を起こした。

「どこまで僕を夢中にさせれば気が済むんだろうね？」

「えっ、あっ」

隼人の言葉の意味が咄嗟に理解できず、花梨は目を白黒させる。しかし隼人は構うことなく割り開いた花梨の足を抱え、快感でとろけた蜜を滴らせている最奥の入り口に彼の熱くそそり立つ分身を宛がう。そして、間髪入れず貫いた。

「んあぁぁぁぁ……っ！」

ひと息に最奥まで届いた衝撃と強大な質量に、花梨の目の前で光が瞬く。あまりにも生々しくあまりにも強すぎるその感覚は、今まさに達したばかりの花梨を再び追い詰めるには十分すぎた。

「はや、と、さ……待っ……あぁぁっ！」

すぐさま始まった律動に、花梨はたまらず待ったをかける。

「優しくできないと、言ったはずだ……っ！」

しかし隼人はしかめ面で花梨の制止をはねのけた。

「あっあっあぁ……っ！」

太ももが胸につくほど足を折り曲げられ、垂直に突き込まれるその体勢は、酷く苦しい。けれどこれまでよりもずっと激しい抽送は、信じられないほどの快楽を花梨にもたらした。

「ひっ、やっ、は、はや、とさ……んんっ！」

最奥までねじ込まれた隼人の剛直は、身の内を抉り、扉をこじ開け、蜜を貪っていく。さらに唇は好き放題に肌へいくつもの赤い痕を散らした。その様は、まさに蹂躙であった。

「ああーっ！　だめっ！　これだめっ！」

花梨はいやいやと幼子のように首を横に振りながら嬌声を上げる。そんな花梨に隼人は
「何がだめなんだ？」と不敵に笑う。

「だってぇ……は、はげ、し……っ、くるし……」

「やめて欲しいか？」

その問いかけにまた花梨は頭を振った。

「やだぁ……！」

止めたいわけがない。もっと、もっと欲しい。自分がこんなに強欲だったなんて花梨は知らなかった。

（でもそんな私を隼人さんは求めてくれている）

それがなにより嬉しくて、幸せで、永遠に続けて欲しいとさえ、願ってしまう。

「はやと、さんっ、ああっ！」

深々と刺し貫かれ最奥を揺すぶられると、勝手に声が出てしまう。内側をこそげるように大きく腰を引かれるのもたまらなかった。隼人が与えて来る何もかもが、それこそ苦痛ですら、もはや花梨にとって快楽だった。

「ね……ぎゅって、してぇ……っ！」

「ああ、いくらでも……っ！」

「あぁっあっ！　う、うんっ！　いぃぃ……っ！」

抱きしめられるのを待たず、花梨は自ら隼人に縋りついた。腕と足のみならず、身体全てで隼人を求めて。

そんな花梨に応えるように隼人の動きがより速くなる。

「あぁぁっ！」

ぐうっと体重をかけるように深く深く突き込まれ、花梨の目の前に光が瞬く。ただでさえ一度達した後だ。限界はすぐそこだった。

「もう、離さない！　ずっと一緒だ……！」

「あうっ、んっ！　うん……っ！」

快感という嵐の中に花梨は隼人と身を晒す。

満たし、満たされ、ふたりでひとつになりたい。その夢はもう叶った。だからこれからは現実になった夢を守り育てていくのだ。

「はや、と、さ……っ、は、や……あぁぁぁっ！」

「花梨、花梨……っ！」

互いの名を呼び合い、目の前で瞬いていた光が大きく膨れ上がったのと同時に、唇が奪われる。

「ん、ん、んん――っ！」

全てを分け合うように交わりながら……ふたりで共に快感の頂へと辿り着いた。

◇◇◇

「……ふふ、寝てしまったか」

己の胸に額をつけるようにして眠る花梨を見て、隼人は微笑む。思う存分抱き合うと、花梨はこうしてすやすやと眠り込んでしまうのである。

これまでふたりで眠るベッドで積み重ねてきたことによる条件反射なのか。それとも単に疲れさせ過ぎてしまったためか。理由はともかく花梨が腕の中で眠りにつく様は、隼人にとって何にも代えがたい喜びでしかなかった。

快感と激しい運動によって薔薇色に染まった頬を撫でても、そこに涙の痕はないことに安堵する。たとえ嬉し涙であったとしても、もう花梨の泣く姿を隼人は見たくない。

大柄な隼人の身体にすっぽりと収まってしまうくらい小さな花梨。けれど今や隼人にとって花梨は己よりもずっと大きくて大切な存在になっていた。

指の背で頬の柔らかさを堪能していると、花梨が仔猫のようにすり寄ってくる。そんな彼女を隼人はそっと抱えなおし、より自分に密着させる。

（温かい）

腕の中に閉じ込めた愛しい存在から伝わってくる体温によるものだけではない。ほかほかと温かなものを身の内に抱え込んでいるような不思議な感覚。それがどういう状態なのか隼人は誰に教えられたわけでもないが理解していた。

満ち足りるとは、今この時のようなことを言うのだ。

(……この温もりを知らずに、よく生きてこれたものだ)

これまでの人生を振り返り、隼人は呆れ交じりのため息を吐く。それほどまでに新たに知った喜びは大きく、そして何物にも代えがたかった。

「可愛いなぁ……」

眠る花梨の眦に、そっと唇を落とす。

(優しくて、強いだけでもすごいのに……こんなに可愛いなんて反則だ)

小さくか弱い姿なのに、花梨はひとりで向かい風に立ち向かっていく。その必死な様は危うくもあったが、同時に隼人にはひどく眩しかった。

自分が同じ立場になった時、彼女のように顔を上げて歩いていける自信は、隼人にはなかった。想像すらしたことがないと言った方が正しいかもしれない。

隼人は多くの事柄に恵まれて生まれた。健康で、知能や運動能力も申し分なく、裕福な両親の愛情と期待を受けて育った。

人が苦労する事柄のほとんどは隼人にとって障害にすらならない。順風満帆な人生を歩んできたと断言できる。

だからだろうか、隼人は自分より弱い者の感覚がいまいちわからない。とにかく守ってやらなければ、与えてあげなければとつい動いてしまう。

それが結果として、愛情表現を過剰にさせ、やがて相手を増長させることに繋がっていた……と思っていた。

しかし花梨と暮らし始めて、隼人は気が付いた。

相手が増長し変わったのではないと。

自分自身が相手をそういう風に変えてしまっていたのだ、と。

隼人の愛情表現は、相手を満たしてあげることだった。

しかしこれまで隼人がしてきたことはただやみくもに物を与えるだけ。しかも通り一遍の「女性が好むもの、喜ぶもの」を。

愛情表現が金や物を与えることならば、相手がそれを求めるようになるのは当然の結果であった。

そんな施しのような行為は、心を満たすわけがない。

——かつての恋人たちが欲しがっていたのは金や物ではなく、隼人の心だ。

思いを通じ合わせたはずなのに、いつまで経っても隼人の心が手に入らないことに苛立ち、焦れ、彼女たちの要求はエスカレートしていったのだろう。

ところが隼人はそんな彼女たちの必死な行動を見て勝手に失望し、別れを選び切り捨ててきたのだ。

（ずいぶんと、傲慢だった）

友人がペットを飼えと諭してきたのは当然だ。隼人がしてきたのは対等な存在にすることではないのだから。

これまで金や地位以外の自分を見てほしいと願っておきながら、それらに一番こだわっていたのは他でもない隼人自身だった。

それを教えてくれたのは、隼人の愛情以外は何も欲しがらなかった、今腕の中にいる愛しい存在だ。

（もう、君がいない人生なんて考えられない）

たくさん可愛がって、たくさん愛すると誓うから。

（どうか、僕の側から、離れないで）

ありのままの自分を愛してくれる唯一無二の存在に、隼人はようやく出会えたのだ。

終　章　ふたりの幸せ

携帯の無機質なアラーム音ではなく、カーテンの端からじわじわと零れてくる朝の気配で目覚めるのは、休日だけに許された贅沢だ。

あと少し、あと少しだけこのまどろみの中をたゆたっていたい。

そう思って花梨は上掛けを引き寄せようとした。しかしするりと伸びてきた腕がそれを取り上げてしまう。

「そろそろ起きないか」

隼人が目を閉じたままの花梨に囁く。

「まだ寝ていたいの」

「そろそろ寝顔じゃなくて、起きている花梨が見たいな」

「……もう、仕方ないなぁ」

以前の隼人なら休日も平日と変わらない朝のルーティンをこなすために先にベッドから下りていた。それを寂しいと花梨が少しだけ拗ねたら、休日は目覚めるまではベッドに留まってくれるようになった。しかしそうなると眠っている花梨にあれこれちょっかいをかけてくるのだ。

だから結局平日よりは少し遅いけれど、寝坊とは呼べないような時間にふたりで起きることになる。

高橋と対峙してすぐ、花梨はシュペットを辞め転職した。おかげでカレンダー通りの勤務に変わって、こうして隼人と休日を過ごすことができている。

シュペットは花梨が去ったあとしばらくして倒産した。元より悪化していた業績がマジェスティホテルへの出店が失敗に終わったことでとどめを刺されたのである。

花梨と前後して元同僚も店長も辞めてしまったため、副社長や高橋がその後どうなったのかはわからない。

新しい職場は高級サロン運営で美容業界では知られた会社だ。花梨はその事業企画部の一員となった。

悩んだが花梨が現場部門ではなく管理部門を選んだのは、まだやり残したことがあると感じたからだ。結果として副社長にしごかれた実績が新たな選択肢をくれた形になったのだから、人生とは不思議なものだ。

もちろんいつか自分のサロンを持つという夢も諦めていない。なのでかつての同僚の店などで勘が鈍らないようにたまに施術させてもらっている。

そんな花梨を隼人は優しく見守ってくれている。

「今朝のお味噌汁は何にしようかな」

「じゃがいもがいいな。芋を食べたい」

「じゃあ、お芋と玉ねぎにしよっか」

一緒にキッチンに立ち、ふたりで朝食を作るのも以前ならできなかったことだ。

今朝の献立は、青菜を混ぜ込んだご飯とじゃがいもと玉ねぎのお味噌汁、それと茹でた塩鮭にきんぴらごぼう。定番の和定食である。

「ああ、美味いな。朝食で鮭となると焼くものとばかり思っていたが、茹でてもいいんだな」

鮭に箸をつけた隼人が感心したように言う。

「こっちの方がしっとりしていて好きなの。朝から魚焼きグリルを使いたくないでしょ?」

「そういえば鮭を白ワインと酢で煮る料理があったな」

「へぇ、白ワイン！　美味しそう！　アクアパッツァみたいな感じかな」

「明日にでも作ろうか?」

「嬉しい！　楽しみにしてるね！　明後日は私が作るから」

猫と飼い主ではなくなって、花梨も家のことをするようになった。

相変わらず隼人は花梨の世話を焼きたがるが、花梨もまた、同じように隼人の世話がしたかったたからだ。

愛する人には、何かしてあげたい。喜ぶ顔が見たいと思うのは、ごく自然な感情なのだろう。

隼人は洋食が得意だから、花梨はあえて和食、それもごく普通の家庭料理を作ることが多い。まあそれしか作れない、という方が実は正しい。しかしそんな花梨の作る拙い家庭料理を隼人はとても喜んで食べてくれる。

「今日は、何をして過ごそうか」

「天気もいいし、外で過ごすのもいいかも」

気持ちを通じ合わせてからも、一緒に食卓を囲み、同じ時間を過ごし、共に眠るという、ふたりの生活自体はあまり変わっていない。

ただ、一方的ではなくなった。隼人は花梨に尋ねるようになったし、花梨もまた、隼人に遠慮はしなくなった。

もうすぐふたりは恋人同士ではなく夫婦になる。その証が花梨の左手の薬指に光っていた。あの日千切れてしまったアンクレットも、きちんと修繕され左足にある。

ただ、天下のホテルチェーンの経営者の結婚となれば、式の準備にはそれなりに時間がかかる。そのため入籍が先になる予定だった。

（幸せだなぁ……）

花梨は日常になった幸福を朝食と共に噛みしめる。

仕事、恋人、さらに住処まで失ったあの時から、ずいぶん遠くに来たと花梨はしみじみと思う。平坦な道ではなかったが、この幸せを得るためだったと思えば、全てがよい思い出だ。

「そうだな……何か美味しいものでも食べに行こう」

「飛行機は乗りませんからね！」

少し前テレビで羊料理が特集されていた時、花梨が何の気なしに「ジンギスカンが食べたいな」なんて漏らしたところ、なんと北海道《ほっかいどう》まで連れていかれてしまったのである。確かに美味しかった。しかし何か食べるためにいちいち飛行機移動はさすがに受け入れがたいので釘を刺す。

「今度は九州のうまいものでもどうかと思ったんだが」

残念、という風に隼人が肩をすくめる。

（やっぱり日帰り旅行を考えていたのね）

一緒に楽しみたいという気持ちは嬉しい。しかし今日はもう少し気軽に過ごしたい。

「ならアンテナショップに行くのはどう？　そうしたら遠出しなくても美味しいものが手に入るよ」

花梨が頭をひねって折衷案を出すと、隼人はなるほどと手を叩いた。

「そういう手があったたか」

まだまだお互いの感覚や認識の違いに驚くことも多い。だからこうしてひとつひとつすり合わせて、納得できるものを探していくことが続くのだろう。

でもそれこそが、共にひとつ屋根の下で幸せに暮らしていくためにとても大切なことなのだ。

あとがき

頑張り屋のヒロインと愛し方が下手くそなヒーローのお話はいかがでしたでしょうか。花梨は最初ちょっと大変でしたが、実のところ彼女ならちゃんとひとりで頑張って立ち直ったと思います。

だから出会えてよかったのは、実は隼人の方なのです。彼は花梨と出会わなければ、自分の愛情表現がよろしくないと気づくことはなかったでしょう。

イラストを担当してくださった潤宮《うるみや》るか様には大変お世話になりました。素敵なふたりを描いていただき、本当にありがとうございます！　花梨の太ももも最高です！

刊行に際しまして、ご指導いただいた担当編集様をはじめ、携わってくださったすべての方にお礼申し上げます。

最後になりましたが、最大の感謝はこの本を手に取ってくださったあなたに捧げたいと思います。本当にありがとうございます。お気に召していただければ、作者としてこれ以上の幸せはございません。

山内詠

◆ ファンレターの宛先 ◆
〒102-0072　東京都千代田区飯田橋3-3-1
プランタン出版　オパール文庫編集部気付
山内 詠先生係／潤宮るか先生係

オパール文庫Webサイト　https://opal.l-ecrin.jp/

Opal

僕《ぼく》の猫《ねこ》にならないか？
スパダリ社長《しゃちょう》の過保護《かほご》な溺愛《できあい》がすごすぎる

著　者――山内 詠（やまうち えい）
挿　絵――潤宮るか（うるみや るか）
発　行――プランタン出版
発　売――フランス書院
　　　　〒102-0072　東京都千代田区飯田橋3-3-1
印　刷――誠宏印刷
製　本――若林製本工場
ISBN978-4-8296-5563-4 C0193

本書へのご意見やご感想、お問い合わせは、QRコード、
または下記URLより弊社公式ウェブサイトまでお寄せください。
https://www.l-ecrin.jp/inquiry

Opal Label オパール文庫

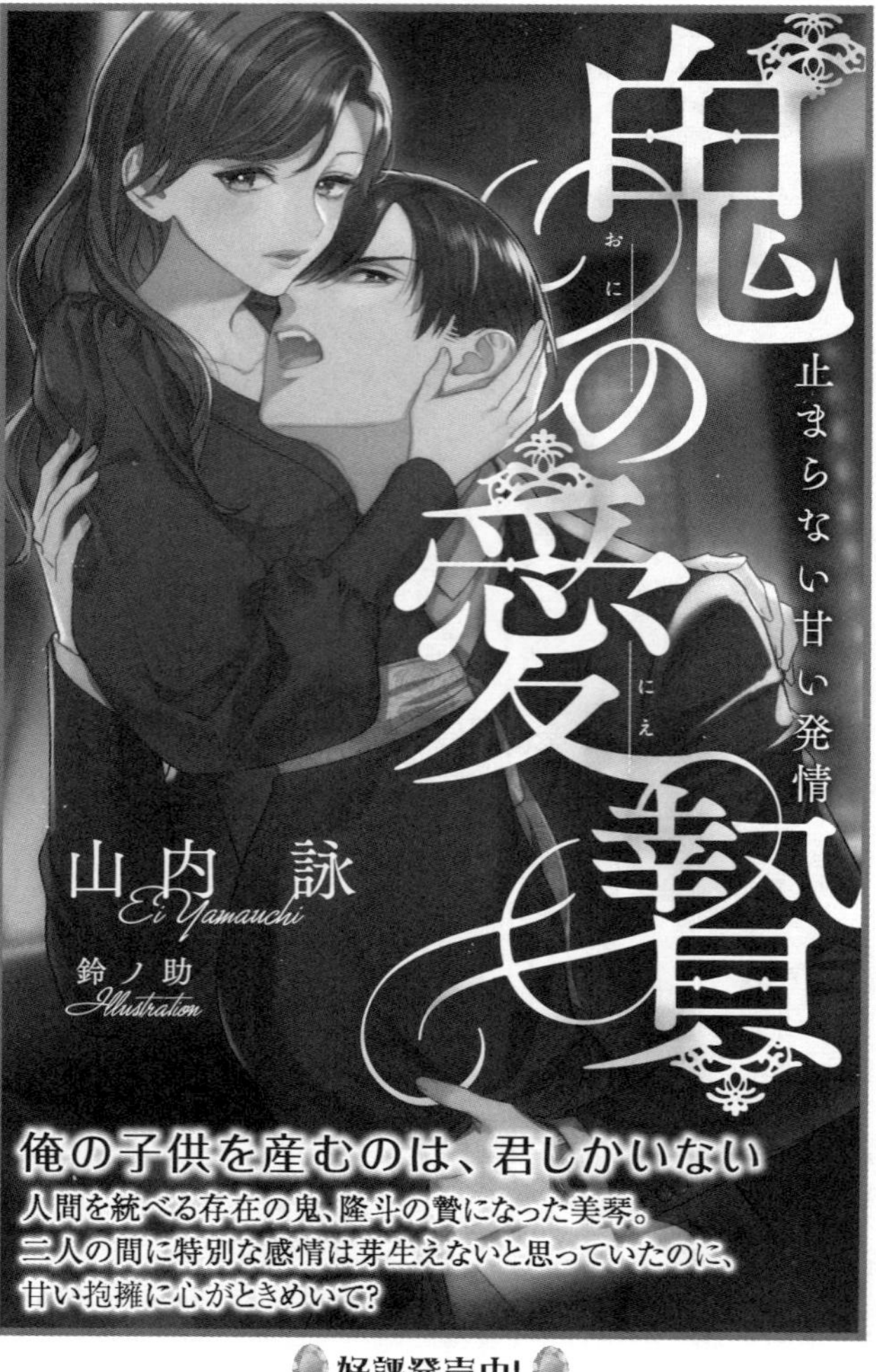

Op5519

好評発売中!

Opal Label オパール文庫

Op8490

好評発売中!